Frank Drach
Kicker Kai

Frank Drach

Kicker Kai

Sportroman

Bibliografische Information der Deutschen Nationalbibliothek: Die Deutsche Nationalbibliothek verzeichnet diese Publikation in der Deutschen Nationalbibliografie; detaillierte bibliografische Daten sind im Internet über http://dnb.dnb.de abrufbar.

Verlag: BoD · Books on Demand GmbH, In de Tarpen 42, 22848 Norderstedt, bod@bod.de
Druck: Libri Plureos GmbH, Friedensallee 273, 22763 Hamburg
ISBN: 978-3-7693-2786-1

MIX
Papier aus verantwortungsvollen Quellen
Paper from responsible sources
FSC® C105338

"Darf ich in den Fußballverein?", fragte Kai seine Eltern beim Abendessen ziemlich unvermittelt. "Warum ausgerechnet Fußball?", fragte Vater Jörg zurück. "Tom aus meiner Schule spielt auch im Verein. Er hat erzählt, dass sie am letzten Samstag mit zehn Mann spielen mussten, weil sie zu wenig Spieler haben und dass sie deshalb ein Spiel verloren haben, dass sie zu elft gewonnen hätten", erklärte Kai. "Und warum willst ausgerechnet du dann mitspielen? Es gibt doch genug andere Jungs in deiner Klasse", sagte Jörg. "Wir spielen in der Pause immer auf dem Schulhof und da bin ich einer der Besten. Das macht voll Spaß, ich wäre im Verein sicher gut aufgehoben. Bitte lasst mich in den Verein", bettelte Kai. "Kommt gar nicht in Frage", entgegnete Mutter Heike. " Fußball ist ein Proletensport, die treten sich die Knochen kaputt. Da habe ich viel zu viel Angst um dich." "Muss es denn unbedingt Fußball sein?", fragte Jörg. "Kann es nicht Tennis sein oder Leichtathletik? Du bist doch gut im Laufen und Weitsprung, das wäre doch viel eher was für dich." "Nein, ich will Fußball spielen", beharrte Kai. "Aber die benehmen sich wie die Rüpel, haben Ausdrücke an sich, die ich hier gar nicht wiedergeben will", ergänzte Jörg. "Die Kinder doch nicht, wir benehmen uns", meinte Kai. "Wir beenden jetzt die Diskussion, du gehst nicht zum Fußball", schloss Heike das Thema ab und ging in den Garten.

Kais Eltern hatten mit Fußball nichts am Hut. Bei großen Turnieren schauten sie die Spiele der Nationalmannschaft im Fernsehen, um bei Kollegen und Freunden mitreden zu können. Ansonsten nahmen sie nur die schlechten Nachrichten über schlimme Verletzungen oder Fanausschreitungen wahr. Welche Faszination Fußball gerade auf Kinder haben kann, bekamen sie nicht mit, auf dem örtlichen Sportplatz waren sie noch nie. Jörg spielte Badminton im Verein, Heike ging zur Gymnastik. Kai war früher mal im Kinderturnen, das hatte ihm aber keinen Spaß gemacht, also wurde er wieder abgemeldet.

Wie konnte er es schaffen, seine Eltern davon zu überzeugen, dass er es zumindest mal im Verein versuchen dürfte? Die ganze Nacht grübelte Kai, doch es fiel ihm nichts Gescheites ein. Zu tief waren die Vorurteile gegen diese Sportart in den Köpfen seiner Eltern verankert. Zumindest könnten seine Eltern aber doch mal mit ihm auf den Sportplatz gehen und sich ein Spiel von Tom anschauen. Das wäre doch vielleicht mal ein Anfang. Kai fragte Tom am nächsten Tag in der Schule, wann denn das nächste Spiel sei. "Am Samstag um 15 Uhr gegen Hainbach", sagte Tom. "Komm doch mal vorbei." "Das habe ich vor, deshalb habe ich gefragt", antwortete Kai. "Meine Eltern verbieten mir, in den Verein zu gehen und ich will sie überzeugen, dass es nichts Schlimmes ist, Fußball zu spielen."

Am Samstag nach dem Mittagessen sprach Kai seine Eltern an. "Um 15 Uhr spielt Grün-Weiß gegen Hainbach. Kommt ihr mit auf den Sportplatz? Dann könnt ihr Tom mal spielen sehen und euch davon überzeugen, dass Fußball nicht schlimm ist." "Auf keinen Fall", antwortete Heike sofort. "Warum eigentlich nicht? Ein bisschen frische Luft tut gut. Ich komme mit", sagte Jörg. Kai freute sich, der erste Schritt war getan.

Das Spiel lief bereits, als Kai und Jörg am Sportplatz ankamen. Audorf spielte in grün und weiß, wie es der Vereinsname erahnen ließ, Hainbach ganz in rot. Es war ein Spiel auf Augenhöhe mit vielen Zweikämpfen im Mittelfeld. "Erwin, geh mal richtig rein, zeig es der Lusche da", schrie ein Vater. "Ey, mach mal langsam, sonst komm ich dir rüber", kam es von einem Vater der Gegenseite zurück. Da spielte Hainbach einen Steilpass in die Spitze, der Stürmer erlief sich den Ball und donnerte ihn zum 0:1 in die Maschen. Die Hainbacher Spieler jubelten, der Audorfer Trainer gestikuliere wild mit seiner Fahne in Richtung des Schiedsrichters. "Schiri du Blinder, das war drei Meter Abseits", brüllte Erwins Vater mit hochrotem Kopf. Doch der Schiedsrichter gab das Tor und es ging mit Anstoß weiter. Kai schaute zu seinem Vater. Das erste Vorurteil war erfüllt, mindestens ein Zuschauer benahm sich gründlich daneben. "Das hätte er wirklich sehen müssen, das Abseits hätte ja selbst ich erkannt", sagte Kai. "Ja, aber das kann man dem Schiedsrichter auch anders deutlich machen", antwortete Jörg. Drei Minuten später flog ein hoher Ball durchs Mittelfeld. Tom und sein Gegenspieler stiegen zum Kopfball und stießen in der Luft mit den Köpfen dermaßen zusammen, dass der Knall deutlich zu hören war. Während sich der Hainbacher Spieler nur kurz schüttelte und wieder aufstand, blieb Tom regungslos am Boden liegen. Der Schiedsrichter unterbrach das Spiel und winkte den Trainer aufs Feld. Sofort bildete sich eine Spielertraube um Tom. Kai wollte auch hinlaufen und nach seinem Freund schauen, doch Jörg hielt ihn am Arm fest. "Du bist Zuschauer, du bleibst hier", befahl er. Kai nickte. "Er ist bewusstlos, Krankenwagen, sofort!", rief Toms Trainer. "Sind Toms Eltern da?" Nein, waren sie nicht. Der Vater eines anderen Spielers griff zum Handy und wählte den Notruf. Der Schiedsrichter rief beide Trainer zu sich, sie besprachen sich kurz, dann pfiff er dreimal und signalisierte damit, dass das Spiel beendet war.

Der Trainer ging wieder zu Tom. Er war inzwischen wieder bei Bewusstsein, hatte eine stark blutende Platzwunde am Kopf. Nach zehn Minuten kam der Krankenwagen. Die Sanitäter checkten Toms Reaktionen, legten ihn dann auf die Trage, luden ihn ins Auto und fuhren ihn ins Krankenhaus. Als der Audorfer Trainer auf dem Weg in die Kabine war, hielt Kai es nicht mehr aus. Er rannte zu ihm. “Ich bin Kai, Toms Freund. Was ist mit Tom?”, fragte er. “Er hat eine Platzwunde und sicher auch eine Gehirnerschütterung, das wird jetzt im Krankenhaus abgeklärt”, antwortete der Trainer. “Ich würde ja gerne hier im Verein spielen, aber meine Eltern erlauben es mir nicht”, sagte Kai. “Nicht jetzt”, antwortete der Trainer, “ich habe gerade andere Sorgen.” Jörg zog Kai weg und sie gingen nach Hause. Auf dem Weg sprachen sie kein Wort miteinander. Das Geschehene hatte bei beiden Spuren hinterlassen.

Als sie zu Hause ankamen, ging Kai sofort in sein Zimmer, schlug die Tür hinter sich zu, warf sich auf sein Bett und fing an zu weinen. “Alles aus, das war's mit Fußball”, dachte er. “Alles, was meine Eltern gegen Fußball haben, ist in diesen paar Minuten auf dem Platz passiert. Thema erledigt, das werden sie mir nie erlauben.”

“Und wie war es auf dem Sportplatz? Ihr seid ja früh zurück”, fragte Heike. Jörg atmete tief durch und schüttelte den Kopf. “Hab ich doch gesagt - es hat keinen Sinn”, lächelte Heike überlegen. “Nein, so war es nicht. Ein

Vater hat sich danebenbenommen und den Schiedsrichter beschimpft", fing Jörg an. "Proleten halt, da geht Kai auf keinen Fall hin", fühlte sich Heike bestätigt. "Na ja, wenn die Mannschaft meines Sohnes benachteiligt würde, wäre ich auch sauer", meinte Jörg. "Aber es ist noch was passiert. Tom hat sich beim Kopfball böse verletzt und ist ins Krankenhaus gebracht worden. Daraufhin wurde das Spiel abgebrochen." "Habe ich doch gesagt, die treten sich die Knochen kaputt", sagte Heike. "Die sind beide zum Kopfball hoch, haben nur nach dem Ball geschaut, dann sind sie zusammengerasselt. Das war kein Foul, da war keine Absicht dabei, das war einfach Pech. Wenn ich beim Badminton Doppel spiele und mir mit meinem Partner nicht einig bin, wir beide zum Ball gehen, kann mir das auch passieren", erklärte Jörg. "Das heißt?", fragte Heike. Jörg zuckte mit den Schultern. "Sport ist gut für den Körper, wir wollen, dass Kai sich bewegt. Wenn er unbedingt Fußball spielen will..." "Kommt gar nicht in Frage", blieb Heike hart. "Ich will mein Kind nicht im Krankenhaus besuchen, weil irgendein Rüpel ihm den Kopf blutig schlägt."

Jörg ging zu Kai ins Zimmer. "Verschwinde!", fauchte Kai. "Hey Kai, ich bin doch auf deiner Seite", sagte Jörg ruhig. "Was heute passiert ist, wird nicht in jedem Spiel passieren. So schlecht war das Spiel gar nicht. Jetzt ist der falsche Zeitpunkt, mit Mama zu reden, sie stellt jetzt total auf stur. Aber warte mal ein paar Wochen, dann können wir es ja nochmal versuchen." Kai war überrascht, damit hatte er nicht gerechnet. Überglücklich fiel er seinem Vater um den Hals. "Bitte setze dich für mich ein, ich will Fußball spielen", flehte er. "Wir machen das schon. Kommt Zeit - kommt Rat", sagte Jörg und verließ Kais Zimmer.

Am Donnerstag war Tom wieder in der Schule. "Wie geht's dir?", fragte Kai. "Ich war am Samstag auf dem Sportplatz und habe gesehen, was passiert ist." Tom zeigte das große Pflaster an seinem Kopf. "Das musste genäht werden. Und ich hatte eine schwere Gehirnerschütterung, habe im Krankenwagen zweimal gekotzt", sagte Tom. "Mein Kopf brummt immer noch etwas, aber sonst geht es. Beim Fußball muss ich jetzt mindestens drei Wochen aussetzen, bis wieder alles in Ordnung ist." "So ein Mist", sagte Kai. Passiert sowas öfter bei euren Spielen?" "Nein, normalerweise gehen alle Spieler gesund vom Platz", lächelte Tom. "Wann fängst du bei uns an?", fragte er. "Mein Vater hat wohl nichts mehr dagegen, aber meine Mutter ist nicht zu überzeugen", antwortete Kai traurig. "Na ja, in zwei Wochen ist die Saison zu Ende und es gibt Sommerferien. Vielleicht kannst du ja zur nächsten Saison kommen", sagte Tom hoffnungsvoll.

In den Sommerferien fuhr Kai mit seinen Eltern nach Norddeutschland auf einen Campingplatz. Es war ihr erster Urlaub mit einem Wohnmobil. Jörg wollte das mal ausprobieren, um flexibel zu sein und hin und wieder auch kurze Ausflüge unternehmen zu können. Da es im Camper heiß und stickig war, lief Kai wann immer es ging auf den Fußballplatz der Anlage und kickte mit den anderen Kindern. Nur zum Essen kam er zum Stellplatz der Familie, oder wenn es ihm so heiß war, dass er sich im Badesee abkühlen wollte und dafür seine Badehose anzog. Heike verfolgte Kais Fußballbegeisterung argwöhnisch.

“Was soll das denn auf einmal? Er hat doch früher auch nie Fußball gespielt”, sagte sie zu Jörg. “Lass ihn doch”, brummelte Jörg. “So lange er auf dem Bolzplatz ist, nervt er uns nicht und es ist ihm nicht langweilig.” Ab und zu ging Jörg zum Bolzplatz, um nach Kai zu schauen. Er stellte sich wirklich nicht schlecht an, konnte gut dribbeln und hatte einen strammen Schuss. “Wann reden wir denn endlich mit Mama, dass ich in den Verein kann?”, fragte Kai ungeduldig, als Jörg ihn zum Abendessen abholte. “Wenn wir wieder zu Hause sind. Jetzt im Urlaub will ich keine Diskussion, sondern meine Erholung”, vertröstete er seinen Sohn.

Als sie zwei Wochen später wieder zu Hause ankamen, stand ein Möbelwagen vor dem Nachbarhaus. Leute liefen durcheinander, Kisten wurden ins Haus geschleppt. Kai schaute dem Treiben aus seinem Zimmerfenster zu. Immer wieder fiel ihm ein Junge auf, der ungefähr so alt war wie er und ein rotweißes Fußballtrikot anhatte. Die Nummer 10 war auf dem Rücken und irgendwas mit “Po…”. Na ja - Kai kannte eh keine Fußballprofis mit Namen, also war es ihm erstmal egal. Als sich am nächsten Tag der Trubel etwas gelegt hatte und der Junge im rot-weißen Trikot in der Hofeinfahrt mit seinem Fußball jonglierte, ging Kai runter und sprach ihn an. "Hallo, ich bin Kai. Wohnst du jetzt hier?" "Ich bin Lukas", antwortete der Junge. "Wie sind gestern hier eingezogen. Wie alt bist du?" "Zwölf, und du?", fragte Kai zurück. "Ich bin auch zwölf, cool", sagte Lukas. "Wo kommst du her? Du sprichst so komisch", wollte Kai wissen. "Du sprichst komisch", entgegnete Lukas. "Ich komme aus Poll, einem Stadtteil von Köln. Mein Vater arbeitet jetzt hier, da mussten wir hierher ziehen. Gibt es hier eigentlich auch einen Fußballverein?" "Klar, Grün-Weiß", sagte Kai. "Spielst du da?", fragte Lukas neugierig. "Nein, noch nicht. Die brauchen unbedingt Spieler, aber meine Eltern… oder besser gesagt, meine Mutter erlaubt es nicht", erklärte Kai. "Kannst du mir mal den Sportplatz zeigen?", fragte Lukas. "Klar, komm mit", antwortete Kai und führte Lukas zum Platz. "Was hast du denn da für ein Trikot an?", wollte Kai auf dem Weg wissen. "Kennst du den FC nicht?", fragte Lukas ungläubig. "Welchen FC? Ich habe von Fußball keine Ahnung", gab Kai zu.

"Na den 1.FC Köln", sagte Lukas. "Ja, habe ich irgendwann mal in den Nachrichten gehört. Und dieser Po… irgendwas spielt da?" "Poldi? Nein, der spielt schon lange nicht mehr beim FC, aber das ist unser Idol. Der beste Spieler, den der FC je hatte", erklärte Lukas. Sie waren am Sportplatz angekommen. "Cool, ein Rasenplatz", staunte Lukas. "Wir haben auf Asche gespielt. Das ist ja richtig toll hier. Wann trainieren die? Können wir da mal hingehen?" "Da muss ich Tom mal fragen. Der ist in meiner Schule und spielt hier im Verein", sagte Kai. Nachdem sich Lukas die Sportanlage interessiert angeschaut hatte, gingen sie wieder nach Hause und verabredeten sich für den nächsten Tag.

"Sind Sie die neuen Nachbarn? Ich bin Heike Büchner", sprach Heike die ihr noch unbekannte Frau an. "Beate Schmitz, sehr angenehm", antwortete sie. "Ja, wir sind vorgestern hier eingezogen. Unsere Jungs haben sich ja gestern schon angefreundet, Kai und Lukas verstehen sich ja richtig gut." "Darf ich Sie und Ihre Familie heute Abend zum Grillen bei uns im Garten einladen?", fragte Heike. "Sehr gerne, ich sage Jürgen Bescheid. So um sieben?", fragte Beate zurück. "Geht klar, bis später", sagte Heike. Pünktlich um 19 Uhr traf Familie Schmitz im Garten der Büchners ein. Nach dem Essen liefen Kai und Lukas gleich wieder auf die Straße. Lukas holte seinen Fußball und die beiden Jungs kickten miteinander. "Schön wie die Jungs spielen, Fußball verbindet und schafft Freundschaften", schwärmte Beate, als sie den beiden zuschaute. "Fußball, das ist doch ein Proletensport", entgegnete Heike mürrisch. "Mir wäre es lieber, wenn Kai Tennis spielen würde. Aber er ist seit ein paar Wochen total besessen von Fußball, redet von nichts anderem mehr, als dass er unbedingt in den Verein will." "Und warum geht er dann nicht in den Verein?", fragte Jürgen. "Ich mache da nicht mit. Die treten ihm doch nur die Knochen kaputt. Letztens haben sie einen Schulkameraden von Kai vom Platz getreten, er musste ins Krankenhaus", sagte Heike angewidert. "Jetzt mach mal halblang", fuhr Jörg dazwischen. "Ich war zufällig mit Kai auf dem Sportplatz, wir haben uns das Spiel angeschaut. Es war ein unglücklicher Zweikampf in der Luft, die beiden sind mit den Köpfen zusammengestoßen. Das war Pech", erklärte er. "Also Lukas spielt seit der F-Jugend im Verein, das sind jetzt fünf Jahre. Er selbst hatte nie eine Verletzung und bei den Spielen ist auch nie Schlimmeres passiert. Mal eine Prellung hier, mal einen Fuß vertreten dort, aber nichts Gravierendes. Die Spiele sind in diesen Altersklassen sehr fair. Da verhalten sich einige Eltern schlimmer als die Kinder", erzählte Jürgen. "Ja, diese Proleten mit ihren Machosprüchen und Kraftausdrücken. Ich will nicht, dass Kai sowas lernt", sagte Heike. "Ach was", erwiderte Beate, "die schlimmsten Ausdrücke lernen sie auf dem Schulhof. Auf dem Sportplatz gehen die anderen Eltern schon dazwischen, wenn es zu doll wird. Lass Lukas und Kai doch einfach mal zusammen ins Training gehen, wir können ja mitkommen", schlug sie vor. Jörg nickte. "Das muss ich mir überlegen", sagte Heike wenig überzeugt. "Kai, Lukas, kommt rein, es gibt Nachtisch!"

Kai und Lukas saßen am Computer und surften im Internet. "Wann ist eigentlich das nächste Training?", fragte Lukas. "Keine Ahnung, ob in den Sommerferien überhaupt Training ist", antwortete Kai. "Komm, wir schauen mal nach", schlug Lukas vor. Er ging auf die Homepage von Grün-Weiß Audorf und dort auf die Seite der Jugendabteilung. "Hier steht es - C-Jugend mittwochs und freitags von 17:30 bis 19:00 Uhr. Heute ist Mittwoch, lass und nachher einfach mal hingehen." "Wir essen um 18 Uhr immer zu Abend und meine Mutter ist sauer, wenn ich nicht da bin. Und wenn ich sie frage, ob ich ins Training gehen kann, wird sie es mir nicht erlauben", sagte Kai traurig. Da klingelte sein Handy. Seine Mutter rief an. "Papa muss heute länger arbeiten, wir essen später zu Abend", sagte sie. "Super, dann kann ich länger bei Lukas bleiben", freute sich Kai. "Alles klar, wir gehen nachher ins Training", sagte er zu Lukas.

Bevor sie losgingen, zog Lukas sich um. Schienbeinschoner, Stutzen, Fußballschuhe. Kai staunte. "Was ziehst du denn alles an? Braucht man das? Das habe ich ja alles nicht", fragte er verwundert. "Klar, das gehört doch zur normalen Ausrüstung", erklärte Lukas ihm. "Aber heute ist dein erstes Training, da ist es sicher nicht schlimm, wenn du in normalen Sportklamotten kommst." Sie gingen zum Sportplatz. Ein paar Jungs kickten miteinander, der Trainer, den Kai schon vom Spiel vor ein paar Wochen kannte, war auch da. "Das ist der Trainer", sagte Kai zu Lukas. "Komm, wir gehen zu ihm." Der Trainer sortierte gerade Leibchen und Hütchen als die beiden Jungs bei ihm ankamen. "Hallo, ich bin Kai und das ist Lukas. Wir wollen mal mittrainieren", stellte Kai sich und Lukas vor. "Du warst doch neulich schon einmal hier und hattest gesagt, dass deine Eltern dir nicht erlauben, im Verein zu spielen", antwortete der Trainer. "Hat sich daran etwas geändert?" "Mein Vater hat wohl nichts mehr dagegen", sagte Kai. "Und was ist mit dir?", fragte der Trainer Lukas. "Ich bin vor zwei Wochen hierher gezogen und habe in Köln schon im Verein gespielt", sagte Lukas. "Sehr gut, solche Leute können wir gebrauchen", freute sich der Trainer. "Na, dann macht mal mit", sagte er und blies in seine Pfeife. Die Jungs kamen zusammen. "Also, das hier sind Kai und Lukas. Sie wollen bei uns spielen und trainieren heute mal mit. So, jetzt stellt euch in einer Reihe an die Linie, wir starten mit dem Aufwärmprogramm."

Nach dem zehnminütigen Aufwärmen folgten etliche kürzere und längere Sprints, dann gab es eine Trinkpause. Als der Trainer anschließend zu einem 15-Minuten-Dauerlauf bat, fragten die ersten Kinder, wann denn gespielt würde. "Wir sind in der Saisonvorbereitung, da müssen erst die konditionellen Grundlagen gelegt werden. Den Ball seht ihr heute nur ganz kurz", erklärte der Trainer. Murrend und missmutig trabten die Jungs los. "Ich dachte, das wäre Fußballtraining, laufen kann ich schon", sagte Kai zu Lukas. "Das ist normal im Sommer. In Köln haben wir auch Konditionstraining gemacht, aber mehr mit Ball", antwortete Lukas. Nach dem Dauerlauf gab es nochmal Sprints, diesmal allerdings in Gruppen als Wettkampf gegeneinander. Das machte den Kindern wesentlich mehr Spaß als das Laufen alleine. Dann rief der Trainer alle zusammen. "Jetzt trinkt nochmal was und dann machen wir ein Spiel." "Endlich!", riefen die Jungs. "Eigentlich wollte ich euch nur zehn Minuten spielen lassen, aber weil ihr so gut mitgemacht habt, spielen wir 20 Minuten", lobte der Trainer. "Leon und Felix, ihr wählt die Mannschaften!"

Da niemand Kai und Lukas kannte, wurden sie als Letzte gewählt und spielten in unterschiedlichen Teams. Kai spielte immerhin bei Tom in der Mannschaft, also kannte er wenigstens einen Mitspieler. Lukas war ein eisenharter Verteidiger, der weder sich, noch den Gegenspieler schonte. Er fand seine Position im Team sofort und zeigte, was er drauf hatte. Kai hatte keine Ahnung, wo er spielen sollte, also stellte Felix ihn ins rechte Mittelfeld. Kai lief überall hin, wo der Ball war, seine rechte Seite war immer wieder offen. Felix und Tom versuchten ihn zu dirigieren, aber Kai zog es immer wieder Richtung Ball. Dann rief der Trainer ihn zu sich. "Wo sollst du spielen?", fragte er. "Irgendwo im Mittelfeld", antwortete Kai. "Rechtes Mittelfeld", rief Felix. "Also Kai, das hier ist kein Bolzplatzgekicke, sondern Vereinsfußball. Hier hat jeder Spieler seine Position und die hat er auch zu halten", erklärte der Trainer. "Wenn

Felix dich auf die rechte Seite stellt, dann bleibst du da, egal wo der Ball ist." Kai nickte. Er ging wieder auf seine Position und versuchte, die Seite zu halten. Aber es war alles ungewohnt, völlig anders als auf dem Schulhof. Die anderen Kinder waren alle deutlich besser, Kai war frustriert. Dann war das Training zu Ende. Der Trainer rief Kai und Lukas zu sich. "Lukas, das war richtig gut. Du kannst eine echte Verstärkung für uns werden", lobte er. "Kai, du musst noch viel lernen. Aber kicken kannst du, das habe ich gesehen", sagte er zu Kai. "Ich gebe euch die Beitrittsformulare für den Verein und Kai einen Passantrag. Bitte ausfüllen und zum nächsten Training mitbringen. Lukas, bei dir brauche ich einen Ansprechpartner deines alten Vereins. Deinen Pass muss ich dort anfordern. Ich bin übrigens Andreas", sagte der Trainer und verabschiedete sich von den beiden. Kai und Lukas gingen nach Hause. Einerseits gut gelaunt, andererseits völlig erschöpft und Kai etwas desillusioniert. Fußball im Verein hatte er sich einfacher vorgestellt.

"Da bist du ja, wo warst du denn so lange?", fragte Heike, als Kai ins Wohnzimmer kam.

"Du bist ja völlig erschöpft - was hast du gemacht?" "Hier, bitte ausfüllen und unterschreiben", sagte Kai zu seinem Vater und legte ihm die Formulare auf den Tisch. "Ich war mit Lukas im Fußballtraining", erklärte er. "Was? Einfach so? Ohne mich zu fragen?", war Heike empört. Jörg lächelte. "Beitrittserklärung und Passantrag - du musst ja einen guten Eindruck hinterlassen haben, dass der Trainer dir das gleich alles mitgegeben hat", sagte er. "Das war total anstrengend und ich war nicht sehr gut", gestand Kai. "Aber wir brauchen jeden Spieler und Andreas hat gesagt, ich wäre gar nicht so schlecht und ich würde noch viel lernen." "Wer ist Andreas?", fragte Heike. "Na, der Trainer", antwortete Kai leicht genervt. "Du gehst jetzt erstmal unter die Dusche und ziehst die verschwitzten Sachen aus. Danach kommst du zum Essen", befahl Heike. Kai ging ins Bad, duschte und zog sich um.

"Was sagst du dazu?", fragte Heike immer noch völlig außer sich. "Er weiß, was er will. Stell dich doch nicht immer so dagegen", sagte Jörg. "Nimm ihn nicht immer in Schutz", empörte sich Heike. "Geht einfach so ins Fußballtraining ohne mich zu fragen." "Wäre er Schach spielen gegangen ohne dich zu fragen, wärst du dann auch so empört?", fragte Jörg. Heike antwortete nicht. "Willst du deinen Willen durchsetzen, oder willst du, dass unser Kind glücklich ist? Kai will Fußball spielen, er wird im Verein gebraucht, er hat mit Lukas jemanden dabei, der schon im Verein gespielt hat. Wir wollen, dass Kai sich mehr bewegt und nicht nur am Handy oder Computer sitzt. Alles ist gut, aber du musst dazwischenfunken", sagte Jörg leicht angefressen. "Fußball...", seufzte Heike, "ausgerechnet Fußball. Es gibt genug andere Sportarten." Jetzt kam Kai zum Essen, das Thema wurde fürs Erste ausgeblendet. Nach dem Abendessen fragte Kai seinen Vater, ob er die Formulare schon ausgefüllt hätte. "Wann hätte ich das denn machen sollen?", fragte Jörg. "Ich hatte eine Grundsatzdiskussion mit deiner Mutter. Aber komm her, wir machen das jetzt gleich." Kai strahlte. Heike stöhnte noch einmal "Fußball" und ging dann in die Küche, um das Geschirr abzuspülen.

“Mal sehen, wie das Training heute wird”, sagte Kai auf dem Weg zum Sportplatz zu Lukas. “Was soll schon werden? Wir müssen wieder laufen”, meinte Lukas. Tatsächlich stand erstmal wieder Konditionstraining an. Doch zur Hälfte des Trainings baute Andreas Spielfelder auf. “Ihr bildet fünf Dreierteams. Vier Teams spielen auf zwei Feldern gegeneinander, das Team, das gerade Spielpause hat, macht Sprintübungen”, rief er. Kai, Lukas und Tom bildeten eine Mannschaft. Tom war ein Jahr älter als die beiden anderen und körperlich schon deutlich weiter. Er gab den Ton an. Lukas spielte defensiv und haute sich in jeden Zweikampf. Auch gegen die körperlich überlegenen Gegenspieler konnte er sich gut behaupten. Kai dagegen ging völlig unter. Er versuchte zu dribbeln, aber verlor jeden Ball, sobald er angegriffen wurde. Er kam einfach nicht an seinen Gegenspielern vorbei. Als sein Team Pause hatte, nahm Andreas ihn zur Seite. “Du musst dein Zweikampfverhalten deutlich verbessern, deinen Körper richtig einsetzen”, sagte er. “Und wie soll ich das machen? Die anderen sind größer und kräftiger als ich”, fragte Kai. “Ich bringe dir das bei. ab Montag täglich eine Stunde Zweikampftraining bei uns im Garten", lächelte Lukas. "Am Montag geht die Schule wieder los, da werden wir nicht so viel Zeit haben", gab Kai zu bedenken. "Na dann halt auf dem Schulhof", sagte Tom. "Da kicken wir doch in den Pausen auch immer." Kai nickte. Einerseits war er frustriert, weil so gar nichts klappen wollte, andererseits hatte er genug Ehrgeiz, um sich im Verein zu behaupten. Vor allem seiner Mutter wollte er beweisen, dass er es kann.

Am Ende des Trainings kam Jörg auf den Sportplatz. Er hatte die ausgefüllten Formulare in der Hand. "Die hast du auf dem Tisch liegen gelassen", sagte er zu Kai. "Da bekommst du keinen Spielerpass." "Gib sie Andreas", zeigte Kai auf seinen Trainer. Jörg ging zu Andreas. "Hallo, Jörg Büchner, Kais Vater", stellte er sich vor. "Hier sind die ausgefüllten Formulare, die Sie brauchen." "Ich bin Andreas, wir duzen uns. Auf dem Sportplatz gibt es kein "Sie"", antwortete Andreas. "Wie macht Kai sich so?", wollte Jörg wissen. "Man sieht, dass er noch nie im Verein gespielt hat", antwortete Andreas. "Aber die anderen Jungs helfen ihm und Kai ist ehrgeizig. Kicken kann er, aber taktisch muss er noch viel lernen und er muss lernen, seinen Körper richtig einzusetzen. Aber das wird schon, ich bin da zuversichtlich", sagte Andreas. "Also macht es Sinn, ihn hier anzumelden?", fragte Jörg nach. "Sicher doch", bestätigte Andreas. "Ach so, ich brauche noch deine Handynummer für unsere WhatsApp-Gruppe. Da stelle ich die Termine für die Spiele ein und gebe Bescheid, wenn das Training mal ausfallen muss." Jörg gab Andreas seine Handynummer. "Meine Sachen bekommst du am Mittwoch, mein Vater ist auf Dienstreise, ich konnte ihn noch nicht nach der Kontaktadresse fragen", sagte Lukas. "Weiß deine Mutter die nicht zufällig?", fragte Andreas. "In zwei Wochen haben wir ein Freundschaftsspiel und in drei Wochen geht die Saison los. Spätestens dann muss dein Pass da sein", erklärte er. "Ich frage sie mal", sagte Lukas. "Dann wirf mir die Sachen bitte in den Briefkasten. Ich wohne in der Bahnhofstraße 23." "Gut, mache ich. Bis dann", verabschiedete Lukas sich.

Am Montag trafen sich Kai und Lukas und gingen zum Schulbus. Lukas war aufgeregt, neue Schule, neue Umgebung. "Hast du auch Latein als zweite Fremdsprache?", fragte er Kai. "Nein, Französisch. Wieso?", fragte Kai zurück. "Mist, dann sind wir sicher nicht in einer Klasse", sagte Lukas. Waren sie auch nicht, das sahen sie am Schwarzen Brett, wo die Klassenlisten aushingen. Also gingen sie getrennt voneinander in ihre jeweiligen Klassenräume. Vormittags war nur Klassenleiterstunde mit viel Organisatorischem. In der Mittagspause nach dem Essen führte Kai Lukas im Schulgebäude herum und zeigte ihm die Fachsäle. Nachmittags waren dann die ersten Unterrichtsstunden, um 16 Uhr fuhr der Schulbus zurück. "So, und jetzt zieh dich um. In 20 Minuten ist Zweikampftraining", befahl Lukas. Kai lächelte. "Na ja, Hausaufgaben haben wir ja heute noch keine. Alles klar", sagte er. Die beiden übten eine Stunde lang, wie man den Ball mit dem eigenen Körper abdeckt und wie man den Gegner richtig attackiert, um ihm den Ball abzunehmen. "Wir beide sind körperlich ziemlich gleich", sagte Kai. "Aber die Spieler des älteren Jahrgangs sind deutlich größer und stärker. Wie mache ich das?", fragte er. "Da kannst du etwas härter reingehen, das wird nur selten abgepfiffen", erklärte Lukas. „Aber jetzt ist für heute genug, zeig am Mittwoch im Training, was du von mir gelernt hast."

Tatsächlich kam Kai im nächsten Training schon deutlich besser in die Zweikämpfe und konnte mehr Bälle behaupten. Das richtige Timing fehlte noch, aber man sah eine deutliche Entwicklung. Beim Torschusstraining gehörte Kai zu den treffsichersten Spielern. Er hatte einen harten und platzierten Schuss. "Lukas scheint ein guter Trainer zu sein", lächelte Andreas. "Macht weiter so, du lernst schnell dazu", gab er Kai aufmunternd mit. Das erste Mal war Kai auf dem Fußballplatz so richtig glücklich.

Die zwei Wochen bis zum Freundschaftsspiel gegen Burgneudorf vergingen wie im Flug. Kai und Lukas freuten sich riesig, endlich für ihre Mannschaft spielen zu können. Lukas' Pass war noch nicht da, aber Andreas vereinbarte mit dem Schiedsrichter, dass Lukas auch ohne Pass spielen durfte. "Es geht hier ja um nichts", sagte er. "Ja, aber er ist jetzt nicht versichert. Er spielt auf eigenes Risiko", gab der Schiedsrichter zu bedenken. "Es wird schon nichts passieren", meinte Andreas.

"Ääh, Grün und Weiß", rief Lukas aus, als er sein Trikot zugeworfen bekam. "Stimmt irgendwas nicht?", fragte Andreas. "Ich bin FC-Fan und Grün-Weiß sind die Trikotfarben unseres Erzfeindes Borussia Mönchengladbach. Na ja - wenigstens ist keine Raute auf dem Trikot", sagte Lukas und stimmte einen Schmähgesang der FC-Fans auf den Rivalen an. Andreas lachte: "Was hattest du denn gedacht, wie die Trikots aussehen, wenn du für Grün-Weiß Audorf spielst?" Lukas grinste. "So, jetzt die Aufstellung", ging Andreas zur Tagesordnung über. "Max im Tor, Erwin, Alois, Mehmet und Lukas in der Abwehr, Felix Sechser, Tom und Michi Huber auf den

Flügeln, Stefan Zehner und Michi Obermaier und Leon im Sturm. Kai, Robin und Goran auf der Bank." Lukas freute sich, Kai war etwas enttäuscht. Das nahm Andreas wahr, "Ich habe noch keine feste Position für dich, ich muss sehen, wo ich dich nachher hinstelle", erklärte Andreas. "Aber dafür sind Freundschaftsspiele ja da."

Das Spiel lief gut für Audorf. Leon erzielte früh das 1:0, Spielführer Felix traf per Freistoß zum 2:0. Kurz vor der Halbzeitpause rief Andreas Kai zu sich. "Du machst dich jetzt ordentlich warm und kommst zur 2.Halbzeit rein", sagte er. Kai freute sich und lief zu Jörg. "Ich soll mich warmlaufen, ich komme gleich rein", rief er ihm im Vorbeilaufen zu. "Ich drücke die Daumen", antwortete Jörg. Kai wurde für Robin im Sturm eingewechselt. Gleich bei der ersten Aktion stand er meterweit im Abseits. "Du musst schauen, wo der letzte Verteidiger steht", rief Andreas ihm zu. "Du darfst nicht näher zum Tor stehen als er." Kai nickte. Jetzt war er aber so auf die gegnerischen Verteidiger fixiert, dass er kaum mitbekam, wo der Ball war. Alles nicht ganz so einfach im ersten Spiel. In der Schlussphase durfte Kai sich auf dem Flügel versuchen. Hier hatte er einige gute Ballaktionen und konnte vor allem sein zuletzt verbessertes Zweikampfverhalten unter Beweis stellen. Aber entscheidende Aktionen hatte er nicht. Ganz im Gegensatz zu Lukas, der in der 2.Halbzeit einen sehr starken Gegenspieler hatte, mit dem er so seine Mühe hatte, sich aber behaupten konnte. Mehr als der Anschlusstreffer gelang Burgneudorf nicht mehr. "Jungs, das war super heute. Burgneudorf zählt zu den besten Mannschaften in unserer Parallelgruppe. Wir wollen uns für die Aufstiegsplayoffs qualifizieren, da müssen wir Gegner dieses Kalibers schlagen", lobte Andreas.

Ein Kichern und Tuscheln machte sich in der Kabine breit, als Lukas sich ganz selbstverständlich auszog und unter die Dusche ging. "Was soll das Gekicher?", fragte Andreas leicht verärgert. "Nehmt euch ein Beispiel an Lukas. Ihr solltet auch so langsam mal damit anfangen, nach den Spielen zu duschen." "Ganz bestimmt nicht", "Ich ziehe mich doch nicht vor der ganzen Mannschaft aus",

"Kannst du vergessen", kam es von den Spielern zurück. Andreas schaute Spielführer Felix an, der nickte nur kurz. Die Jungs zogen sich zügig um und tuschelten weiter. Dann verließen sie die Kabine. Kai wartete noch bis Lukas sich angezogen hatte, dann machten auch sie sich auf den Heimweg. "Was war denn da für ein Lärm, als ich unter der Dusche war?", fragte Lukas. "Ach nichts weiter. Andreas hat gesagt, dass wir auch duschen sollen, da haben wir alle protestiert", erklärte Kai. "Wo ist denn das Problem? Wir sind doch alles Jungs, ihr habt da unten nichts anderes als ich", sagte Lukas. "Ja schon, aber keiner will sich vor der ganzen Mannschaft ausziehen. Ich mich auch nicht", meinte Kai. "So ein Blödsinn", schüttelte Lukas den Kopf. "Aber wenn nach dem nächsten Spiel keiner mitmacht, dusche ich auch nicht. Von allen begaffen lassen möchte ich mich nicht."

"Lukas, dein Pass ist gestern gekommen, du kannst morgen spielen", sagte Andreas im Freitagstraining erleichtert. "Jawohl, super", freute sich Lukas. "Spiele ich wieder von Anfang an?" "Das sage ich dir morgen. Ich sage niemandem schon einen Tag vor dem Spiel, ob er von Anfang an spielt oder nicht. Ich will ja auch noch das Training heute abwarten."

Natürlich spielte Lukas von Beginn an. Er hatte gut trainiert und letzte Woche im Testspiel überzeugt. Kai saß wieder nur auf der Bank. Aber damit hatte er gerechnet. Jetzt ging es um etwas, jetzt durfte nicht verloren werden. Da musste er erstmal hintenanstehen und auf seine Chance warten. Doch die kam schneller als erwartet - Michi Huber hatte sich den Fuß leicht vertreten und zeigte an, dass er mal kurz raus wollte. "Also Kai, gib Gas. Hab immer ein Auge auf deinen Gegenspieler, aber versuch auch, Akzente nach vorne zu setzen", gab Andreas ihm mit auf den Weg. Nach einer Viertelstunde ging Audorf durch ein schönes Solo von Robin in Führung. Kurz darauf nahm Kai seinem Gegenspieler den Ball ab, dribbelte an einem Verteidiger vorbei und spielte in die Spitze zu Leon, der eiskalt zum 2:0 vollstreckte. Kai jubelte, als hätte er das Tor selbst erzielt. "Super Kai, das will ich sehen", lobte Andreas von außen. Nach der Pause blieb Kai erstmal wieder auf der Bank, Michi war wieder fit. "Nachher kommst du nochmal rein, ich teste dich mal auf der Zehn", sagte Andreas. Beim Stand von 5:1 kam Kai zehn Minuten vor Schluss für Stefan ins Spiel. Im Zentrum bekam er öfter den Ball als auf dem Flügel, aber er war zu nervös, spielte viele Fehlpässe. Trotzdem war es ein gelungenes Punktspieldebüt für Kai mit einem Assist und einem 6:1-Sieg seines Teams.

Nach dem Spiel gingen die Jungs in die Kabine, Andreas blieb erstmal draußen. Lukas zog sich bis auf die Unterhose aus und schaute, ob noch jemand duschen wollte. Felix tat das Gleiche, er sollte ja als Spielführer mit gutem Beispiel vorangehen. "Kommst du mit duschen, Felix?", fragte Lukas. Das hätte er besser nicht getan. "Ja, geht zusammen duschen ihr beiden", feixte Stefan, "Viel Spaß unter der Dusche", lachte Erwin. Lukas schüttelte fassungslos den Kopf. Er schaute zu Kai, doch der hatte sich schon umgezogen. Felix zuckte mit den Schultern und zog sein T-Shirt an. Als Lukas merkte, dass sonst niemand auch nur die geringsten Anstalten machte zu duschen, zog er sich auch an und verließ mit den anderen Jungs die Kabine. Felix wartete draußen. "Sorry Lukas, ich hätte mit dir geduscht, wenn noch ein paar andere mitgemacht hätten. Aber nur wir beide - das war mir einfach zu wenig." "Schon gut", meinte Lukas. "Ich sehe das genauso wie du. Ich habe auch keine Lust, dass mich alle blöd anstarren, als hätten sie noch nie einen nackten Jungen gesehen." Dann gingen sie nach Hause.

In den nächsten Wochen hing Kai sich im Training voll rein. Das gelungene erste Spiel gab ihm richtig Aufwind. Er saß zwar auch in den folgenden Spielen immer erstmal auf der Bank, aber seine Einsatzzeiten wurden länger und er wurde immer sicherer in seinen Aktionen. Die Saison lief gut für Grün-Weiß Audorf. Sie gewannen die ersten vier Ligaspiele und kamen im Pokal eine Runde weiter.

"Wann hast du eigentlich Geburtstag?", fragte Beate Kai, als er mal wieder mit Lukas im Garten Zweikämpfe trainierte. "Nächsten Freitag", antwortete Kai. "Oh, das trifft sich gut. Lukas hat übermorgen Geburtstag", sagte Beate. "Er will feiern, aber weiß nicht, wen er einladen soll. Mit den Klassenkameraden hat er noch nicht so viel Kontakt und außer mit dir ist er mit niemandem so richtig gut befreundet. Wie wäre es, wenn ihr zusammen feiern würdet?" "Können wir machen", meinte Kai. "Wir können doch mit der Mannschaft feiern. Nächsten Samstag spielen wir zu Hause gegen Illerting, danach feiern wir auf dem Sportplatz", schlug Lukas vor. "Ja, das wäre cool", gab Kai ihm Recht. "Klingt nach einem Plan", sagte Beate. "Ich schreibe mal was in die WhatsApp-Gruppe. Wenn jeder was mitbringt und bei der Organisation hilft, können wir mit Spielern und Eltern feiern. Das Wetter soll für Ende Oktober richtig gut sein." Am nächsten Tag rief Beate Lukas und Kai zu sich. "Also, die Rückmeldungen in der Gruppe sind gut, Andreas meint, so eine Feier wäre auch gut für den Teamgeist. Also dann machen wir es so." Kai und Lukas strahlten und klatschten sich ab.

"So Jungs, nach dem Spiel ist Party angesagt. Aber um richtig feiern zu können, muss natürlich das Ergebnis stimmen", begann Andreas die Teambesprechung vor dem Spiel gegen Illerting. "Ich erwarte höchste Konzentration, die sind nicht zu unterschätzen. Wir starten mit Max im Tor, Erwin, Alois, Mehmet und Lukas in der Abwehr, Felix Sechser, Tom und Michi Huber auf den Flügeln, Kai auf der Zehn und Michi Obermaier und Leon im Sturm." "Kai auf der Zehn? Und was ist mit Stefan? Der ist doch viel stärker", fragte Erwin ungläubig. "Stefan hat die letzten beiden Wochen schlecht trainiert, Kai hat sich voll reingehängt und große Fortschritte gemacht. Das honoriere ich heute", erklärte

Andreas. "Kann ja wohl nicht sein", protestierte Erwin. "Mit Kai haben wir keine Chance." "Das werden wir ja sehen", sagte Lukas. "Wenn Kai gut drauf ist, kann er Stefan das Wasser reichen." Das war zwar reichlich übertrieben, weil Stefan doch deutlich besser war als Kai, aber Kai gab der Zuspruch seines Freundes noch mehr Aufwind. Als alle anderen Jungs schon draußen waren, nahm Lukas Kai zur Seite. "Ey Mann, du hast es geschafft! Du hast den arroganten Stefan aus der Mannschaft gekickt. Jetzt gib alles und kämpf um deinen Stammplatz", feuerte er Kai an und klatschte mit ihm ab. "Ich gebe mein Bestes", versicherte Kai.

Kai versuchte seine Nervosität so gut wie möglich zu unterdrücken. Trotzdem spielte er die ersten beiden Bälle zum Gegner. "Glaub an dich, du kannst es doch", flüsterte Lukas ihm bei einer Spielunterbrechung zu. Es gab Eckball für Audorf. Felix brachte den Ball nach innen, ein Verteidiger köpfte ihn raus, aber nicht weit genug. Mehmet bekam die Kugel, spielte zu Kai, der schaute kurz und sah Michi Obermaier freistehen. Er steckte den Ball durch die Lücke in der Abwehr und

Michi schoss trocken ins lange Eck. Alle jubelten, nur Erwin und Stefan hielten sich zurück. Fünf Minuten später hatte Lukas auf seiner linken Seite freie Bahn. Er lief bis Mitte der gegnerischen Hälfte, legte dann quer zu Kai, der einfach mal aus gut 25 Metern abzog. Der Illertinger Torwart war überrascht, konnte den Ball nur abklatschen und Leon staubte zum 2:0 ab. "Mit wem haben wir keine Chance?", fragte Lukas provokativ in Richtung Erwin. "Halt die Fresse", schnaubte der. Mit 2:0 ging es in die Halbzeit. "So, wir wechseln aus. Goran kommt für Erwin und Stefan für Tom. Kai geht auf den linken Flügel, Stefan auf die Zehn", sagte Andreas. "Warum muss ich raus?", fragte Erwin. "Weil du dich schlecht benommen hast", antwortete Andreas. "Cool, jetzt spielen wir zusammen auf links", sagte Lukas zu Kai. "Ja, aber ich kann doch mit links nichts", war Kai unsicher. "Du musst ja keine zentimetergenauen Flanken schlagen, das kann ich ja machen, wenn du mich nach hinten absicherst. Zweikämpfe kannst du ja jetzt", ermunterte Lukas ihn. Zehn Minuten nach der Pause versuchten sie es zum ersten Mal. Lukas überlief Kai auf dem linken Flügel, Kai ließ sich zurückfallen.

Lukas verlor den Ball kurz bevor er flanken konnte. Der Gegner lief auf Kai zu, doch der grätschte genau im richtigen Moment und klärte die Situation. "Genau so", lobte Lukas. Kurz vor Schluss klappte die Kombination dann. Lukas überlief Kai, flankte in die Mitte und Stefan köpfte das 3:0. "Das war ein Superspiel von euch, jetzt können wir ausgelassen feiern", lobte Andreas die Jungs nach der Partie.

Während sich die Mannschaft in der Kabine umzog, bauten die Eltern die Bierzeltgarnituren auf. Jürgen und Mehmets Vater Kubilay warfen den Grill an, Jörg und Heike kümmerten sich um die Getränke, Beate baute das Salatbuffet auf. Nach und nach kamen die Jungs aus der Kabine und setzten sich an die Tische. "Na dann stoßen wir auf unsere Geburtstagskinder Kai und Lukas und natürlich auf unseren tollen Sieg heute an", sagte Andreas. Die Eltern klatschten den Kindern Beifall und erhoben die Gläser. "Super gespielt Kai", sagte Felix in seiner Funktion als Spielführer. "Du hast dich echt gut gemacht in den letzten Wochen. Und Lukas war von Anfang an eine Verstärkung für die Mannschaft. Danke, dass wir heute mit euch feiern können." Wieder gab es Applaus von den Eltern.

Lukas saß mit Felix, den beiden Michis, Leon, Max und Goran an einem Tisch. Bei Kai saßen Erwin, Mehmet, Robin, Tom, Alois und Stefan, wobei sich Erwin und Stefan schnell an einen freien Tisch begaben. "Das Thema Duschen hat sich erledigt, oder?", fragte Michi Huber plötzlich in die Runde. "Macht ja keiner mit", zuckte Lukas mit den Schultern.

“Doch, ich würde mitmachen. Wenn ich total geschwitzt vom Platz komme, will ich nicht einfach die Straßenklamotten überziehen. Bis ich heimkomme, stinken die total nach Schweiß”, sagte Michi. “Ich wäre ja auch dabei, aber die blöden Kommentare brauche ich nicht”, ergänzte Leon. “Ich habe neulich in der Schule mit Robin gesprochen, der wäre wohl auch nicht abgeneigt”, sagte Felix. “Damit wären wir schon fünf. Max, was ist mit dir?” “Ich weiß nicht. Ich stehe im Tor und schwitze nicht so wie ihr. Von daher brauche ich nicht zu duschen. Aber die dummen Kommentare gehen mir auch auf den Geist.” “Dann mach mit, einfach nur, um den beiden das Maul zu stopfen”, ermunterte Felix ihn. “Muss ich überlegen”, antwortete Max. Goran nickte kurz. “Ich überlege es mir auch”. “Damit hätten wir die Hälfte der Mannschaft zusammen. Was ist mit Kai?”, fragte Felix. “Kannst du vergessen, der ist total verklemmt”, antwortete Lukas. “Wir haben mal darüber gesprochen, aber er weigert sich, sich vor anderen Leuten auszuziehen. Wobei neulich…”, Lukas musste grinsen, “wollte er seine Jogginghose ausziehen und seine Jeans anziehen. Beim Ausziehen der Jogginghose ist seine Unterhose mit runtergerutscht und er stand ganz kurz unten ohne vor mir." Lukas lachte. "Und dann?", fragte Leon. "Ich habe noch niemanden gesehen, der so schnell die Hose wieder oben hatte. Kai hatte einen hochroten Kopf und hat mich aus seinem Zimmer geschmissen, damit er sich in Ruhe umziehen konnte", erzählte Lukas amüsiert. "Oh nein, wie peinlich", schüttelte Felix den Kopf. "Das mit dem Duschen kannst du bei Kai vergessen. Aber wir anderen ziehen das durch, oder?", fragte Lukas in die Runde. Alle nickten, nur Michi Obermaier schaute nach unten. "Ich mache nicht mit", sagte er leise. "Warum nicht?", fragte Leon. "Mir geht es wie Kai, ich will mich auch nicht vor euch ausziehen", gestand Michi kleinlaut. "Na dann halt nicht, es zwingt dich niemand", sagte Felix. "Alle anderen - Hand drauf?", fragte er und streckte seinen Arm aus. Max und Goran zögerten, aber letztlich schlugen bis auf Michi alle ein.

Das nächste Spiel war in Wildbach auf einem nassen, dreckigen Ascheplatz. Kai spielte wieder von Beginn an, diesmal im linken Mittelfeld. "Wir ihr beiden euch im letzten Spiel abgesprochen und gegenseitig ergänzt habt, das war richtig gut", begründete Andreas seine Entscheidung für Kai und Lukas. Tom musste dafür auf die Bank, was ihn erwartungsgemäß wenig begeisterte. "Wir rotieren durch, jeder bekommt seine Einsatzzeit", tröstete Andreas. Tom lächelte gequält. "Es ist schon komisch - ich hole Kai in den Verein, weil wir so wenig Spieler sind, und jetzt nimmt er mir den Platz weg." Als die Jungs nach dem hochverdienten 4:1-Sieg in die Kabine kamen, waren die Trikots alles andere als grün und weiß, Arme und Beine voll Schlamm. Felix nickte den Jungs, die sich letzte Woche abgesprochen hatten, kurz zu, sie zogen sich wortlos aus und gingen in den Duschraum. "Oh, Gruppenkuscheln unter der Dusche", grinste Erwin. "Da geht gleich richtig die Post ab", lachte Stefan. "Wer lässt zuerst die Seife fallen?", fragte Mehmet. Die drei lachten schallend. Kai war angewidert. Er war schon fast fertig umgezogen, aber jetzt hatte er die Faxen dicke. "Ich wollte auf keinen Fall duschen, das hatte ich mir geschworen. Aber eure Kommentare sind so dämlich, dass ich es jetzt erst recht mache", rief er, nahm seinen ganzen Mut zusammen, zog sich aus und ging auch duschen. "Kai?", staunte Lukas Bauklötze. "Was machst du denn hier? Mit dir hätte ich am Allerwenigsten gerechnet!" "Ich weiß", antwortete Kai. "Aber da kamen wieder so blöde Kommentare, dass ich Farbe bekennen musste. Zu diesen Leuten will ich nicht gehören. Ich bin auf eurer Seite", sagte er. "Super, willkommen im Club", freute Felix sich und alle klatschten mit Kai ab. "Blöd, dass ich meine Duschsachen zu Hause gelassen habe", sagte Alois zu Tom und schaute sich seinen schlammigen Körper an. "Jetzt hätte ich auch Lust zu duschen." "Machen wir nächste Woche", antwortete Tom. "Alles klar", sagte Alois.

"Und, war es so schlimm?", fragte Lukas Kai, als sie aus dem Auto stiegen. "Na ja, besonders wohl habe ich mich nicht gefühlt", gestand Kai. "Aber es war im Sinne der Mannschaft. Ich glaube, jetzt bin ich endgültig im Verein angekommen." "Auf jeden Fall", sagte Lukas. "Ich habe auf der Party an meinem Tisch die Sache mit deiner Jogginghose erzählt und gesagt, dass du bestimmt nicht duschen würdest. Da hast du jetzt richtig Eindruck geschunden." "Das hätte unter uns bleiben müssen", protestierte Kai. „Aber beim nächsten Mal stelle ich mich nicht mehr so kindisch an."

Das letzte Spiel vor der Winterpause stand an, es ging gegen Hainbach. "Tom, du spielst wieder von Beginn an im linken Mittelfeld, Kai sitzt erstmal auf der Bank", sagte Andreas. "Wie, Kai sitzt auf der Bank? Das geht ja gar nicht. Kicker Kai muss immer spielen", ätzte Stefan. "Das ist so abgesprochen, wir wechseln uns ab", sagte Kai. "Gegen Hainbach, da habe ich schlechte Erinnerungen. Muss ich wirklich von Anfang an spielen?", fragte Tom. "Willst du jetzt für den Rest deines Lebens nie mehr gegen Hainbach spielen, nur weil du dich einmal gegen die verletzt hast?", fragte Andreas. Tom schüttelte den Kopf. "Wenn du dich im Spiel nicht wohlfühlst, bringe ich Kai für dich rein", beruhigte Andreas ihn. "Aber ich war doch damals auf dem Platz und habe alles gesehen", warf Kai ein. "Jetzt stellt euch nicht an wie kleine Kinder", sagte Robin genervt. Dann gingen sie zum Aufwärmen auf den Platz.

Audorf hatte wie so oft alles im Griff und bestimmte das Spiel. Leon traf früh zum 1:0, Felix ließ kurz nach der Pause mit einem sehenswerten Freistoß aus 25 Metern genau in den Winkel das 2:0 folgen. Hinten brannte nichts an, die Abwehr hatte die Hainbacher Stürmer sicher im Griff. Zehn Minuten vor Schluss dribbelte Leon in den Strafraum und wollte gerade aufs Tor schießen, als er von einem Hainbacher Verteidiger umgegrätscht wurde. Klare Sache - Elfmeter. Felix, der alle Standards schoss, nahm sich den Ball. Doch dann zögerte er und rief Kai zu sich. "Komm Kai, schieß du", sagte er und hielt Kai den Ball hin. "Klar, Kicker Kai muss schießen", maulte Stefan. "Wie viele Tore hast du diese Saison schon geschossen?", fragte Felix Stefan. "Sieben oder acht, genau weiß ich es nicht", antwortete Stefan. "Na also, Kai hat noch keins", sagte Felix. Kai überlegte kurz, winkte dann aber ab. "Ich fühle mich nicht sicher. Lass Lukas schießen, der hat auch noch kein Tor", sagte er. Also winkte Felix Lukas zu sich und gab ihm den Ball. Lukas lächelte kühl, legte den Ball auf den Punkt, wartete auf den Pfiff des Schiedsrichters, verzögerte den Anlauf kurz, schickte den Torwart ins rechte Eck und schob den Ball ganz souverän ins linke Eck. "Warum jubelst du nicht?", fragte Kai Lukas, als er mit ihm abklatschte. "War doch nur ein Elfmeter", antwortete Lukas unterkühlt. Das 3:0 war der Endstand,

Audorf ging mit neun Siegen aus neun Spielen in die Winterpause. Nur im Pokal waren sie in der 2.Runde ausgeschieden, waren gegen eine Mannschaft, die zwei Klassen höher spielte, beim 0:5 völlig chancenlos.

"Wo muss Lukas?", fragte Leon, als sie das Feld verließen. "Gleich unter der Dusche", antwortete Felix. "Was muss ich gleich unter der Dusche?", fragte Lukas etwas irritiert. "Ein Lied singen", antwortete Leon. "Du hast heute dein erstes Tor für uns geschossen und jeder, der sein erstes Tor für Audorf schießt, muss in der Kabine ein Lied singen." "Na, dann haltet euch mal die Ohren zu", lachte Lukas. Als alle die wollten unter der Dusche standen, ergriff Felix das Wort: "Lukas hat heute sein erstes Tor für Grün-Weiß Audorf geschossen und muss jetzt ein Lied singen", kündigte er feierlich an. Lukas schmetterte so gut es seine vom beginnenden Stimmbruch angeschlagene Stimme hergab "Mer stonn zo dir, FC Kölle", die Vereinshymne des 1.FC Köln. Alle applaudierten und klatschten mit Lukas ab. Dass auch Michi Obermaier unter der Dusche stand, nahm im allgemeinen Trubel niemand richtig wahr. Nur Kapitän Felix war es nicht entgangen. Als alle zurück in die Kabine gingen, legte er seine Hand auf Michis Schulter und drückte ihn kurz an sich. Er musste nichts sagen. Michi wusste auch so, was gemeint war und lächelte.

Mehmet saß mit gesenktem Kopf in der Kabine. "Was ist los, Mehmet?", fragte Alois. "Jungs, hört mal bitte zu", begann Mehmet, "Ich habe mich letzte Woche doof verhalten. Ich habe mich von Stefan und Erwin zu einem Kommentar hinreißen lassen, der nicht okay war. Das tut mir leid. Die beiden haben sich geschworen, dass sie ihr eigenes Ding machen und dass wir ihnen egal sind. Sie wollten, dass ich mitmache, aber ich gehöre zu euch. Ich kämpfe mit euch um jedes Tor und um jeden Punkt und ich bin froh, in dieser Mannschaft spielen zu können. Ich dusche nicht mit euch, weil der Koran mir verbietet, mich anderen Leuten nackt zu zeigen. Aber ich stehe zu dieser Mannschaft." Alle applaudierten und einer nach dem anderen ging zu Mehmet und klatschte mit ihm ab. "Wir brauchen Erwin und Stefan, das sind zwei ganz wichtige Spieler", gab Felix zu bedenken. "Wir sind nur 14 Mann im Kader, sie dürfen auf keinen Fall aufhören. Wir müssen das irgendwie managen, dass sie zumindest die Saison mit uns fertig spielen. Wir wollen Meister werden und aufsteigen, dafür brauchen wir jeden Spieler. Ich werde mal versuchen, mit ihnen zu reden, wir haben ja jetzt erstmal ein paar Wochen Pause", sagte er. Die anderen Jungs nickten.

Da der Rasenplatz hart gefroren war, waren die Jungs froh, dass sie im Winter zumindest einmal pro Woche eine Stunde in der Halle trainieren konnten. Nach einem kurzen Aufwärmprogramm wurde einfach nur gespielt. Gerade in der Halle auf dem engen Platz konnten alle ihre technischen Fähigkeiten verbessern. Auch Kai hatte seinen Spaß und schoss viele Tore. Irgendwann würde er auch draußen mal treffen. Aber vor dem Singen hatte er Angst, vor der ganzen Mannschaft würde er bestimmt keinen Ton herausbringen.

"Noch drei Wochen bis zum ersten Rückrundenspiel", kündigte Andreas an. "Heute ist zum letzten Mal Training in der Halle, ab nächster Woche sind wir wieder draußen." Die Jungs tobten sich nochmal richtig aus und genossen das Trainingsspielchen in der warmen Halle. Ein hoher Abwurf von Max segelte durchs Mittelfeld, Kai und Erwin gingen zum Kopfball. Erwin rempelte Kai in der Luft weg, Kai landete unglücklich auf seinem rechten Fuß und knickte um. Ein stechender Schmerz durchfuhr ihn und er blieb auf dem Boden liegen. "Aua, mein Knöchel", schrie er.

Die Jungs kamen sofort angelaufen, Lukas wollte Kai aufhelfen. "Lass mich liegen, es tut so weh", jammerte Kai mit schmerzverzerrtem Gesicht. "Lass mal schauen, zieh mal den Schuh aus", sagte Andreas und holte das Eispack aus dem Koffer. Kais Knöchel war schon angeschwollen. Andreas drückte kurz drauf, Kai schrie vor Schmerzen. "Sieht nach Bänderriss aus, ich rufe einen Krankenwagen und informiere deine Eltern", sagte Andreas. Das Training war damit beendet, der Krankenwagen brachte Kai ins Krankenhaus, Jörg und Heike fuhren mit ihrem Auto hinterher.

Der Arzt schaute sich die Röntgenbilder an. "Drei Bänder im Sprunggelenk sind gerissen", gab er die Diagnose bekannt. "Wir haben jetzt zwei Möglichkeiten der Behandlung: Entweder legen wir den Fuß in Gips und schauen in vier Wochen, ob alles verheilt ist. Du darfst den Fuß überhaupt nicht belasten und musst an Krücken gehen. Oder du bekommst einen Spezialschuh, in dem du langsam und vorsichtig laufen kannst. Aber wenn du ihn nachts ausziehst, darfst du den Fuß auf keinen Fall belasten. Wir schauen dann in drei Wochen, ob alles zusammengewachsen ist. Wenn du Glück hast, kannst du dann langsam wieder mit Laufen anfangen." Heike und Jörg plädierten für den Gips, aber Kai hörte nur "drei Wochen" und "vier Wochen" und bestand auf dem Spezialschuh. "In drei Wochen ist unser nächstes Spiel. Wenn die Bänder bis dahin geheilt sind, falle ich nur für ein Spiel aus", sagte er. "Geh lieber auf Nummer sicher", forderte Jörg, "Die Jungs werden auch zwei Spiele ohne dich auskommen." Aber Kai war nicht zu überzeugen. Also bekam er den Spezialschuh. "Aber ohne den Schuh keinerlei Belastung", mahnte der Arzt zum Abschied,

"Und, was hast du?", fragte Lukas, als Kai wieder zu Hause war. "Bänderriss, drei Wochen Pause", antwortete Kai niedergeschlagen. "Aber mit dem Schuh hier kann ich wenigstens laufen und in die Schule gehen. In drei Wochen wird gecheckt, ob alles zusammengewachsen ist." "Gute Besserung", sagte Lukas und ging wieder nach Hause. Die erste Woche tat Kai, was der Arzt gesagt hatte. Er bewegte sich vorsichtig und zog den Spezialschuh nur nachts aus. Wenn er auf die Toilette musste, nahm er seine Krücken und achtete darauf, dass er den Fuß nicht belastete. In der zweiten Woche hatte er aber das Gefühl, dass es besser wurde. Er musste testen, wie der Fuß reagierte. Also zog er abends seinen Spezialschuh aus und ging vorsichtig ein paar Schritte durch sein Zimmer. Der Fuß tat noch weh, aber nicht mehr schlimm. Drei Wochen würden locker ausreichen, um die Bänder zusammenwachsen zu lassen. Auf dem Weg zur Toilette ließ Kai die Krücken weg und ging so. War doch alles kein Problem. In der dritten Woche versuchte er kleine Sprünge. Nein, das ging noch nicht, das tat noch zu sehr weh. Aber normales Laufen ging schon so gut wie schmerzfrei. Noch eine Woche bis zum Spiel, das musste doch klappen. Dann stand der nächste Arzttermin an. Selbstbewusst ging Kai zum Röntgen und konnte kaum erwarten, dass der Arzt ihm die Diagnose mitteilte. Der sah sich die Bilder an und wendete sich mit ernstem Gesicht an Kai. "Ich hatte dir gesagt, dass du deinen Fuß auf gar keinen Fall belasten darfst", sagte er. Kai schaute verlegen unter sich. "Du hast dich nicht daran gehalten, das sehe ich genau. Die Bänder sind noch nicht zusammengewachsen." "Aber ich kann doch schon schmerzfrei laufen", stammelte Kai. Heike war entsetzt: "Was hast du gemacht? Wo bist du gelaufen?", fragte sie ungläubig. "In meinem Zimmer. Ich wollte sehen, wie schnell ich wieder fit werde", gestand Kai. "Jetzt gibt es nur noch eine Möglichkeit", sagte der Arzt unmissverständlich, "Wir legen den Fuß jetzt drei Wochen in Gips. Dann sind wir sicher, dass alles richtig verheilt." "Aber…" wollte Kai widersprechen. "Kein Aber", sagte der Arzt entschieden. "Meine Assistentin legt dir jetzt den Gips an und wir sehen uns in drei Wochen wieder."

Kai weinte auf der ganzen Heimfahrt. "Du bist selbst schuld, du hättest auf den Arzt hören sollen. Der ist schließlich kein Idiot", belehrte Heike ihn. "Sei still", schluchzte Kai. Als sie wieder zu Hause waren, legte Kai sich auf sein Bett und weinte weiter. Als es vorsichtig an der Tür klopfte, wischte er sich die Tränen aus dem Gesicht. "Wer ist da?", fragte er. "Ich bin's, Lukas", sagte Lukas. "Komm rein", antwortete Kai. Lukas erschrak, als er Kais Gipsbein sah. "Oh nein, was ist das denn?", fragte er entsetzt. "Die Bänder sind nicht zusammengewachsen, jetzt muss ich drei Wochen Gips tragen. Ich falle für die nächsten drei Spiele aus", war Kai untröstlich. "So ein Mist, wir brauchen dich doch", sagte Lukas. Kai spürte die nächsten Tränen auf seinem Gesicht. Lukas rollte Kais Schreibtischstuhl ans Bett und setzte sich hin. "Wird schon wieder, wir werden es irgendwie auch ohne dich schaffen", sagte er tröstend und nahm Kais Hand. Kai nickte. "Na ja, ich gehe dann mal wieder, mach's gut", sagte Lukas ein paar Minuten später und wollte Kais Hand loslassen. Aber Kai hielt Lukas' Hand fest. "Bleib bitte noch ein bisschen, das tut so gut", bat Kai seinen Freund. Lukas blieb sitzen, deckte seine zweite Hand über Kais Hand und streichelte sanft seinen Handrücken. Kai schloss die Augen. Nach kurzer Zeit merkte Lukas, wie Kais Händedruck immer leichter wurde und wie Kai sich entspannte. Er atmete jetzt flach und ruhig - Kai war eingeschlafen. Lukas blieb sitzen, die Gedanken kreisten in seinem Kopf: Wie sie sich kennenlernten, das erste Training, die gemeinsamen Zweikampfübungen im Garten, wie er Kai unterstützte, als es anfangs nicht so gut lief… Als Lukas realisierte, dass er gerade die Hand eines Jungen hielt und streichelte, zuckte er zusammen - das ging ja gar nicht! Aber als er seinen tief entspannt schlafenden Freund sah fühlte er, dass er genau das Richtige tat. Lukas überkam ein wohliges warmes Gefühl. Er spürte ein unsichtbares Band, das Kai und ihn verband und er war sich ganz sicher, dass Kai in diesem Moment das Band genauso spürte. Lukas schloss die Augen und genoss die Emotionen, die durch seinen Körper strömten. Er streichelte Kais Hand zwar nicht mehr, aber er hielt sie weiter zwischen seinen Händen geborgen.

"Kai, komm runter, Abendessen ist fertig", rief Heike. Lukas schreckte hoch. Er legte Kais Hand sanft aufs Bett, schob den Schreibtischstuhl an seinen Platz und verließ leise das Zimmer. "Kai schläft, weck ihn bitte nicht", sagte er zu Heike. "Lukas, setz dich bitte mal zu mir", sagte Heike. Lukas setzte sich. "Ich möchte mich für alles bedanken, was du für Kai getan hast", begann sie. "Seit ihr euch kennt, ist Kai ein völlig anderes Kind. Du hast ihm immer geholfen, wenn er Schwierigkeiten hatte, du warst immer für ihn da. Du bist das Beste, was Kai passieren konnte." "Das ist doch selbstverständlich, wir sind doch Freunde", antwortete Lukas. Mehr konnte er nicht sagen, er spürte einen Kloß im Hals. "Ich muss heim, wir essen auch gleich", sagte er schnell und ging nach Hause. Dort angekommen ging er in sein Zimmer, legte sich auf sein Bett und ließ den Tränen der Rührung freien Lauf. "Was ist passiert? Warum weinst du?", fragte Beate besorgt, als sie Lukas auf dem Bett liegen sah. "Alles okay", antwortete Lukas. "Du weinst, da kann nicht alles okay sein", meinte Beate. "Kai geht es schlecht mit seinem Bein", sagte Lukas. "Ich habe ihn getröstet und Heike hat gesagt, dass ich das Beste sei, was Kai passieren konnte. Da sind mir die Tränen gekommen", erklärte Lukas. Beate streichelte ihm über den Kopf. "Ich bin stolz auf dich", sagte sie. "Komm zum Essen, wann immer dir danach ist." "Ich komme gleich mit, ich habe Hunger", sagte Lukas, wischte sich die Tränen aus dem Gesicht und folgte seiner Mutter ins Wohnzimmer.

In der Nacht von Donnerstag auf Freitag hatte es kräftig geschneit. Da so gut wie alle Plätze in der Region unbespielbar waren, blieb dem Staffelleiter nichts anderes übrig, als den kompletten Spieltag zu verlegen. Kai atmete tief durch. Ein Spiel weniger, das er verpassen würde. "Felix und Leon, könnt ihr morgen Nachmittag bitte mal kurz ins Vereinsheim kommen? Ich habe was mit euch zu besprechen", bat Andreas seine beiden Kapitäne. Sie trafen sich am nächsten Tag. "Ich freue mich sehr, dass das Team in den letzten Wochen so toll zusammengewachsen ist", sagte Andreas. "Nur Erwin und Stefan machen mir Sorgen. Sie sind völlig außen vor und wirken total gleichgültig." "Sie haben sich gegen uns gestellt und wollen ihr eigenes Ding machen", erklärte Leon die Situation. "Ich habe versucht, mit ihnen zu reden. Aber sie haben total abgeblockt", ergänzte Felix. "Soll ich mal mit ihnen reden und ihnen sagen, dass sie mit euch an einem Strang ziehen oder verschwinden sollen?", fragte Andreas. "Auf keinen Fall!", protestierte Felix. "Wir brauchen beide, sie sind wichtig und wir sind nur 14 Mann. Sag ihnen einfach, dass sie ihre saudummen und provokanten Kommentare sein lassen sollen und auf dem Platz alles für die Mannschaft geben sollen. Das reicht."

"Ansonsten kannst du sie ja auch mal ein oder zwei Spiele auf die Bank setzen", meinte Leon. "Gut, ich überlege mir was. Aber sie sollen auf jeden Fall dabei bleiben?", fragte Andreas sicherheitshalber nochmal nach. Felix und Leon nickten. "Klar, ohne die beiden sind wir deutlich schwächer. Und wir wollen doch aufsteigen."

Auch in der Folgewoche war an Training oder Spiel nicht zu denken. Der Schnee war zwar fast weg, aber der Platz glich einer Seenlandschaft. Erst der dritte Spieltag konnte normal stattfinden, es ging auf den Kunstrasenplatz in Olting. Am Dienstag vorher hatte Kai seinen Arzttermin. Gespannt wartete er auf die Röntgenbilder, nachdem der Gips abgenommen worden war. Der Arzt tastete den Knöchel ab und drehte den Fuß vorsichtig nach links und rechts. "Tut irgendwas weh?", fragte er. Kai schüttelte den Kopf. "Alles in Ordnung", sagte der Arzt. "Die Bänder sind angewachsen, du kannst den Fuß wieder belasten. Sei mit Sport, insbesondere mit Fußball aber noch mindestens eine Woche sehr vorsichtig", gab er Kai mit auf den Weg. Kai war erleichtert und lief gleich nachdem er

wieder zu Hause war zu Lukas, um ihm die frohe Botschaft zu überbringen. Dann schrieb er Andreas eine WhatsApp. Andreas schickte ein Smiley zurück. Am Mittwoch verzichtete Kai noch aufs Training, wie ihm der Arzt geraten hatte. Als Lukas zu ihm kam, hatte er schlechte Nachrichten. "Tom ist krank und Mehmet hat eine Familienfeier, sie können am Samstag beide nicht spielen. Wenn du auch noch ausfällst, haben wir keinen Ersatzspieler. Kannst du es nicht versuchen?"
"Meine Mutter bringt mich um", sagte Kai. "Aber ich komme am Freitag ins Training und laufe ein paar Runden um den Platz."
Am Freitag machte Kai das Aufwärmprogramm mit und joggte dann ein paar Runden. Der Fuß fühlte sich gut an. "Ich würde dich gerne morgen mitnehmen und auf die Bank setzen", sagte Andreas. "Ich bringe dich nur rein, wenn es gar nicht anders geht. Ich weiß, dass du eigentlich noch nicht spielen sollst. Aber so ganz ohne Ersatzspieler will ich nicht nach Olting fahren." "Das musst du mit meinen Eltern klären, an mir soll es nicht scheitern, für die Mannschaft tue ich alles", sagte Kai.

Heike war absolut dagegen, dass Kai mit zum Spiel fuhr, aber Jörg konnte sie umstimmen. "Ich fahre mit und stehe am Spielfeldrand. Wenn ich dabei bin, wird Andreas sich nicht trauen, Kai ohne Grund einzuwechseln", sagte er. Also fuhren sie nach Olting. Audorf bestimmte das Spiel in der 1.Halbzeit und führte zur Pause durch Tore von Leon und Robin mit 2:0. Aber nach dem Seitenwechsel übernahmen die Hausherren das Kommando. Audorf stand jetzt tiefer und machte die Räume eng, aber die Kraft ließ langsam nach. Als es spielerisch kein Durchkommen gab, zog ein Oltinger aus Verzweiflung einfach mal aus 30 Metern ab. Eigentlich kein Problem für Max, doch der glitschige Ball rutschte ihm durch die Handschuhe und kullerte ins Tor. Nur noch 2:1. Kurz später gab es einen hitzigen Zweikampf zwischen Erwin und seinem Gegenspieler. Die beiden gerieten aneinander und schubsten sich gegenseitig. Der Schiedsrichter trennte die Streithähne und zeigte beiden die gelbe Karte. "Lass dir von dem nichts gefallen, Erwin. Gib ihm nächstes Mal richtig eine mit", rief Erwins Vater. "Ich gebe dir gleich eine mit", rief ein Oltinger Vater zurück. Die Stimmung war jetzt angespannt-hitzig. Eine Viertelstunde vor Schluss spielten die Oltinger einen feinen Pass hinten raus und schickten den Stürmer auf den Weg. Er hatte nur noch Max vor sich. Lukas rannte hinterher und setzte kurz vor dem Strafraum zur Grätsche an. Aber er kam zu spät und traf nicht den Ball, sondern den Gegenspieler. Notbremse - Rote Karte - 15 Minuten Unterzahl. Zu allem Überfluss prallte Michi Huber so unglücklich mit seinem Gegenspieler zusammen, dass er eine schmerzhafte Prellung im Oberschenkel davontrug. "Es hilft alles nichts. Kai, mach dich warm", sagte Andreas und schaute achselzuckend zu Jörg. Der nickte. "Aber bring ihn nur, wenn Michi wirklich nicht mehr kann", bat er den Coach. "Klar, Michi soll erstmal auf die Zähne beißen", stimmte Andreas zu. Doch Michi kam seinem Gegenspieler nicht mehr hinterher. Erwin hatte jetzt alle Hände voll zu tun. Jetzt lief ihm sein Rivale von vorhin weg. Erwin spurtete hinterher und grätschte ihn im Strafraum rüde um. Er hätte nicht hingehen müssen, Mehmet wäre locker in den Zweikampf gekommen. Das Resultat aus dieser Aktion: Gelb-Rot für Erwin und Elfmeter. "Warum geht er so hart rein? So blöd", kommentierte Lukas das Geschehen. Er stand jetzt neben Jörg auf der Tribüne, den Innenraum musste er nach seinem Platzverweis verlassen. "Hast du was gegen meinen Sohn gesagt? Dich hole ich mir!", schrie Erwins Vater mit hochrotem Kopf und rannte auf Lukas zu. Jörg und Max' Vater Ralf gingen dazwischen und drängten ihn ab. Lukas brachte sich in Deckung. Der Schiedsrichter kam zur Seitenlinie. "Wenn dieser Kerl nicht sofort die Anlage verlässt, breche ich das Spiel ab", sagte er zu Andreas. Das hätte er zwar nach dem Regelwerk nicht machen dürfen, weil sich seine Autorität nur auf das Spielfeld beschränkt und nicht auf den Zuschauerbereich, aber die Drohung wirkte. "Dann brich doch ab, du Heini", schrie Erwins Vater. Ralf und Jörg packten ihn und zerrten ihn von der Anlage. Er stank nach billigem Fusel und Zigaretten. Jetzt konnte der Elfmeter ausgeführt werden. Der Oltinger Schütze blieb cool und verwandelte zum 2:2. Noch fünf Minuten zu spielen, zwei Mann weniger und bei Michi ging wirklich gar nichts mehr. Also musste Kai rein. "Die fünf Minuten schaffst du schon. Stell dich hinten rein und schieß den Ball nach vorne", gab Andreas ihm mit auf den Weg. In der letzten Spielminute setzte sich der Oltinger Außenbahnspieler schön gegen Goran durch und brachte eine Flanke in die Mitte. Kai sprang hoch, aber war zu klein, um an den Ball zu kommen. Sein Gegenspieler stand hinter ihm und nickte aus drei Metern ein, Max war chancenlos. Olting hatte das Spiel gedreht, die Audorfer waren völlig am Boden, ließen die Köpfe hängen und kassierten in der Nachspielzeit noch das 2:4.

"Kopf hoch Jungs, irgendwann mussten wir ja auch mal ein Spiel verlieren", tröstete Andreas seine niedergeschlagene Mannschaft in der Kabine. "Erwin kann nächste Woche wieder spielen, er wird nicht gesperrt. Bei Lukas müssen wir sehen. Ich denke, zwei Spiele wird es geben", sagte er. "Tut mir leid, Jungs", sagte Lukas kleinlaut. "Kein Problem Lukas, du wolltest die Situation fair klären, das hat man gesehen. Im Gegensatz zu Erwin, der nur seinen Gegenspieler umhauen wollte", tröstete Leon seinen Mitspieler. "Das nächste Spiel gewinnen wir für dich." "Eine Niederlage haut uns nicht um. Das darf uns aber nicht zu oft passieren. Also alles ins nächste Spiel werfen und die nächste Serie starten", forderte Felix. Das Team nickte und wirkte entschlossen.

"Weiß jemand von euch, was mit Erwin ist?", fragte Andreas im Freitagstraining. "Er war vorgestern nicht da und hat sich nicht gemeldet, jetzt ist er auch nicht da." "Sein Vater hat ihm verboten zu kommen, irgendwie haben die Stress miteinander", sagte Stefan. "Kann sein, dass er jetzt länger nicht kommt." "Oh nein, wir sind doch in der Abwehr sowieso schon schwach besetzt", stöhnte Alois. "Ja, und Lukas fällt mit seiner roten Karte auch ein paar Spiele aus", ergänzte Michi Huber. "Nur morgen", sagte Andreas erleichtert, "er ist zum Glück nur für ein Spiel gesperrt worden. Aber dass morgen beide Außenverteidiger fehlen, ist schon bitter. Da muss ich mir was überlegen."

Am nächsten Tag war das Spiel gegen Baumbach. "Das Hinspiel haben wir 6:1 gewonnen, Baumbach ist Vorletzter. Trotzdem ist das heute kein Selbstläufer, wir müssen hinten experimentieren.", sagte Andreas in der Teambesprechung. "Wir starten mit Max im Tor, Goran, Alois, Mehmet und Tom in der Abwehr, Felix Sechser, Michi Huber und Kai auf den Flügeln, Stefan Zehner und Leon und Robin im Sturm. Michi Obermaier ist heute unser einziger Auswechselspieler. Gebt alles und kämpft füreinander. Zwei Niederlagen in Folge können wir wirklich nicht gebrauchen!" "Wir müssen vorne schnell für klare Verhältnisse sorgen, Angriff ist die beste Verteidigung", sagte Felix. "Ich werde mich so oft es geht vorne mit einschalten." Audorf machte von Beginn an Druck und drängte Baumbach hinten rein. Nach zehn Minuten erzielte Stefan das 1:0. Fünf Minuten später gab es Eckball für Audorf. Felix brachte den Ball in den Strafraum, dort entstand ein Gewühl, Baumbach konnte nicht richtig klären. Auf einmal sprang Kai der Ball vor die Füße, er zog ab und die Kugel landete zum 2:0 im Netz. Kai freute sich riesig - endlich hatte er sein erstes Tor geschossen. Doch mitten im Jubeln versteinerten sich plötzlich seine Gesichtszüge und er wurde ganz blass. "Was ist los mit dir? Stimmt irgendwas nicht?", fragte Leon. "Ich will nicht singen", stammelte Kai, "Ich kann das nicht vor euch allen." "Zu spät", lachte Robin. "Jetzt spiel erstmal weiter, du musst ja keine Oper singen. Schön, dass du endlich getroffen hast", sagte Stefan und klopfte Kai auf die Schulter. Kai wunderte sich: Ausgerechnet Stefan, der sonst immer scharf gegen ihn geschossen hatte, freute sich über sein erstes Tor? Leon traf kurz vor der Pause zum 3:0, damit waren die Fronten geklärt. Lukas stand am Spielfeldrand und atmete erleichtert durch, seine Sperre führte zumindest nicht zu einer weiteren Niederlage. Mitte der 2.Halbzeit bekam ein Baumbacher Verteidiger den Ball im eigenen Strafraum an die Hand, der Schiedsrichter zeigte ohne zu zögern auf den Punkt. "Mann Schiri, der Ball ging klar zur Hand, keine Absicht", regte sich der Baumbacher Trainer auf. "Der Arm war nicht angelegt, Vergrößerung der Körperfläche", argumentierte der Unparteiische. Felix nahm sich den Ball, hatte aber keine Lust zu schießen. "Hier Stefan", sagte er, "du warst letztes Mal sauer, als ich Kai schießen lassen wollte." Doch Stefan winkte ab. "Ich habe schon genug Tore, Kai hat erst eins. Lass ihn schießen, jetzt müsste er genug Selbstvertrauen haben", sagte er. Und es war weder Häme, noch Ironie in seiner Stimme. Felix winkte Kai zu sich und hielt ihm den Ball hin. Kai nahm den Ball, legte ihn auf den Punkt, wartete auf den

Pfiff des Schiedsrichters, verzögerte den Anlauf, schickte den Torwart ins rechte Eck und verwandelte unten links. Er versuchte so cool wie möglich zu bleiben, als er zu Lukas rannte. "Warum jubelst du nicht?", fragte Lukas. "War doch nur ein Elfmeter", wollte Kai trocken sagen, doch er konnte seine Freude nicht länger zurückhalten und fiel Lukas um den Hals. Das 4:0 war der Endstand in einer einseitigen Partie.

"Na Stefan, alleine gegen alle ist wohl doch nicht so toll. Oder wie sollen wir dein Verhalten heute bewerten?", fragte Michi Huber in der Kabine. "Bevor Kicker Kai sein Lied singt, muss ich euch was erklären", bat Stefan um Gehör. Die Jungs setzten sich. "Wisst ihr - dieses ganze "Hurra, wir sind ein Team, piep piep piep, wir haben uns alle lieb, alle für einen und einer für alle" - das ist nicht meine Welt. Ich will mein Ding machen, ich will ich selbst sein. Ich gehöre zur Mannschaft, ich spiele auf einer wichtigen Position, ich will genauso Meister werden und aufsteigen wie ihr. Ich bin nicht gegen euch. Wenn ich das wäre, hätte ich in der Winterpause den Verein gewechselt. Ich hatte sogar ein Angebot. Als ich gesehen habe was sich hier so entwickelt, wollte ich mich davon abgrenzen. Ich wollte so eine Art Antiheld sein, wie er in vielen Filmen vorkommt. Und Erwin tickt ähnlich wie ich, da haben wir uns zusammengetan. Wir beide gegen den Rest der Welt - das klang irgendwie cool. Und um uns abzugrenzen, haben wir die blöden Sprüche gerissen, wir wollten provozieren. Dabei sind wir wohl über das Ziel hinausgeschossen. Ich bringe immer meine Leistung, keiner kann mir vorwerfen, dass ich absichtlich schlecht spielen würde. Ich stehe zu dieser Mannschaft, will aber trotzdem meinen eigenen Weg gehen. Bitte respektiert das." "Ganz starkes Statement", sagte Felix. "Wir haben uns schon Sorgen gemacht, dass du vielleicht aufhören könntest. Aber das ist ja wohl jetzt vom Tisch. Ich weiß nicht, ob ich für alle hier spreche. Aber wenn du einfach deine Kommentare bleiben lässt und samstags deine Leistung bringst, werden wir dich so akzeptieren, wie du bist." Er schaute in die Runde, die Jungs applaudierten. "Aber jetzt ist Kai an der Reihe. Er hat heute sein erstes Tor für Grün-Weiß Audorf geschossen und muss ein Lied singen. Bitte Kai - wir hören!" Kai schauderte es. Er hätte so ziemlich alles getan, aber singen? “Komm Kai, du hast dich schon einmal überwunden. Das schaffst du jetzt auch”, munterte Lukas ihn auf. Aber mehr als ein total verklemmtes “Alle meine Entchen”, brachte Kai nicht heraus. Die Jungs johlten, Kai wurde hochrot im Gesicht. Aber er hatte es geschafft. Dann duschten die Jungs und gingen nach Hause.

Am Freitag kam Felix in Freizeitkleidung und humpelnd zum Training. "Ich habe mir gestern im Sportunterricht eine Zerrung in der Wade zugezogen und kann morgen nicht spielen", verkündete er die Hiobsbotschaft. "Ausgerechnet gegen Mussdorf", sagte Andreas. "Die sind richtig stark im Moment, wahrscheinlich unser härtester Konkurrent im Kampf um die Playoffplätze. Aber so ist das Leben, da müssen wir halt eine Lösung finden." "Hat letzten Samstag ja auch geklappt, als wir in der Abwehr improvisieren mussten", beruhigte Leon seinen Trainer.

"So, dann gehen wir die Sache mal an. Die Personalsituation ist weiterhin angespannt, aber so ist es nun mal", sagte Andreas in der Teambesprechung. "Wir starten mit Max im Tor, Goran, Alois, Mehmet und Lukas in der Abwehr. Stefan, kannst du bitte heute mal auf der Sechs spielen? Dann kann Kai deine Zehnerposition übernehmen?" Stefan nickte. "Gut, ansonsten das Übliche. Tom und Michi Huber auf den Flügeln und Leon und Robin im Sturm. Michi Obermaier auf der Bank.

Passt gut auf den Mittelstürmer auf…" Plötzlich fing Michi Obermaier an zu weinen, rannte aus der Kabine und schlug die Tür zu. "Was hat er denn?", fragte Andreas verwundert. "Vermutlich ist er sauer, weil er wieder nur auf der Bank sitzt. Jetzt schon das dritte Mal in Folge", meinte Robin. "Aber er ist momentan unser schwächster Spieler und wir haben nichts zu verschenken. Gerade heute, wo Felix ausfällt und wir gegen einen starken Gegner spielen", begründete Andreas seine Entscheidung. "Vielleicht ist er ja irgendwo draußen, ich gehe ihn mal suchen", sagte Felix und verließ die Kabine. Aber Michi war nirgendwo zu finden. "Hast du Michi gesehen?", fragte Kai seinen Vater, der wie immer auf der Tribüne stand. "Der ist durchs Eingangstor rausgerannt. Vielleicht hat er zu Hause was vergessen", sagte Jörg. "Nein, er hat plötzlich angefangen zu heulen und ist aus der Kabine gerannt", erklärte Kai die Situation. Dann machte er sich mit dem Rest der Mannschaft warm. "Kommt alle nochmal kurz zusammen", rief Andreas bevor das Spiel losging. "Also, wir haben jetzt keinen Ersatzspieler mehr. Ich habe eben versucht Michi anzurufen, aber er geht nicht ans

Handy. Dann habe ich es bei Erwin versucht, aber der hat sein Handy ausgeschaltet. Verletzungen kann man nie zu hundert Prozent ausschließen. Aber Platzverweise kann man verhindern. Wenn also ein gegnerischer Stürmer alleine durch ist...", Andreas schaute Lukas tief in die Augen, "dann lasst ihn laufen. Erstens haben wir einen guten Torwart, zweitens kann der Stürmer neben oder über das Tor schießen und drittens ist mir ein Gegentor lieber als eine Rote Karte. Also passt in den Zweikämpfen auf und lasst euch nicht provozieren, falls es hitzig wird." Die Jungs nickten und gingen auf den Platz.

Es war ein harter Fight, ein enges Spiel. Die Audorfer Abwehr hatte ordentlich zu tun, Stefan musste auf der ungewohnten Position im defensiven Mittelfeld immer wieder Löcher stopfen und kam kaum dazu, das Spiel in Ruhe aufzubauen. Zur Halbzeit stand es 0:0, es war also noch alles offen. "Versucht hinten mehr rauszurücken und mehr Ballbesitz zu bekommen. Ansonsten ist alles in Ordnung, mit einem Punkt können wir besser leben als die", sagte Andreas in der Halbzeitpause. Zu Beginn der 2.Halbzeit kam Audorf tatsächlich besser ins Spiel und hatte eine gute Torchance, als Kai einen schönen Pass auf Leon spielte, der Torhüter jedoch stark parierte. Einen Distanzschuss von Stefan konnte der Mussdorfer Keeper gerade noch zur Ecke lenken. Tom war heute für die Standards verantwortlich. Er schlug den Eckball auf den kurzen Pfosten, Stefan verlängerte den Ball mit dem Kopf auf den langen Pfosten, wo Kai goldrichtig stand und seinen Kopf hinhielt - 1:0 für Audorf. Kai jubelte ausgelassen - ausgerechnet er als kleinster Spieler auf dem Platz hatte ein Kopfballtor gemacht. Er wurde von den Teamkameraden richtig abgefeiert. "Soll ich dich jetzt Kopfballungeheuer Kai nennen?", fragte Stefan lachend. "Einfach nur Kai", antwortete Kai ernst. "Aber Kicker Kai klingt doch cool, oder?", fragte Stefan. "Ja, das stimmt", gab Kai ihm Recht und lächelte. Jetzt wurde Mussdorf wieder stärker, Audorf stand nur noch am und im eigenen Strafraum. "Spiel defensiver, komm zu mir hinter, du musst mir helfen", rief Stefan Kai zu. "Leon auf die Zehn, Robin alleine im Sturm", stellte er die Mannschaft um. Andreas nickte von außen. "Gute Idee, hätte von mir sein können", sagte er zu Felix, der neben ihm stand. “Hoffentlich bringen wir das über die Zeit”, zitterte der Kapitän mit seiner Mannschaft. Eine starke kämpferische Leistung und ein hervorragend aufgelegter Max im Tor mit mehreren Glanzparaden bescherten Audorf einen mühevoll erkämpften Sieg. Der Jubel beim Schlusspfiff kannte keine Grenzen.

Am Mittwoch im Training fehlte Michi Obermaier. “Hat jemand was von Michi gehört?”, fragte Kai in die Runde. Allgemeines Kopfschütteln. “Er geht nicht an sein Handy”, sagte Andreas. “Ich mache mir Sorgen um ihn”, sagte Kai. “Jetzt trainieren wir erstmal, ich versuche es später mal bei seinen Eltern”, sagte Andreas. Kai trainierte schlecht. Er war unkonzentriert, fahrig, nervös. Nach einer Stunde ging er zu Andreas. “Kann ich bitte gehen? Ich will wissen, was mit Michi ist. Ich gehe sofort bei ihm vorbei”, fragte er seinen Trainer. “Geh ruhig, das wird heute eh nichts mehr mit dir”, stimmte Andreas zu. Kai lief auf direktem Weg zum Haus der Obermaiers und klingelte. Frau Obermaier öffnete die Tür. “Hallo, ich bin Kai aus Michis Mannschaft. Ist Michi zu Hause?”, fragte er. “Er ist in seinem Zimmer. Wahrscheinlich spielt er mal wieder Playstation", antwortete Frau Obermaier. "Treppe hoch und dann links." Kai zog seine Fußballschuhe aus, stürmte die Treppe hoch und stand vor Michis verschlossener Zimmertür. Er klopfte leise an - keine Reaktion. Er klopfte fester an - keine Reaktion. "Geh ruhig rein", rief Frau Obermaier. Kai öffnete die Tür und sah Michi an seinem Laptop spielen, er hatte Kopfhörer im Ohr. "Michi", rief er, doch Michi hörte ihn nicht. Kai ging zu ihm und klopfte ihm von hinten auf die Schulter. Michi erschrak und drehte sich um. "Kai? Bist du nicht im Training?", fragte er. "Warum bist du nicht im Training?", fragte Kai zurück. "Ich komme nicht mehr, ich höre mit Fußball auf", antwortete Michi. "Warum? Du kannst uns doch nicht im Stich lassen, wir brauchen dich", sagte Kai energisch. "Um die Ersatzbank warmzuhalten?", fragte Michi sarkastisch. "Du weißt, wie es personell bei uns aussieht. Wir hatten am Samstag keinen Ersatzspieler, Felix wird wohl nächsten Samstag auch noch ausfallen, wann und ob Erwin wiederkommt, weiß niemand. Du darfst jetzt nicht aufhören." "Du hast gut reden", sagte Michi traurig. "Du hast mittlerweile deinen Stammplatz. Ich bin als Stammspieler in die Saison gegangen, aber jetzt spielen immer Leon und Robin im Sturm und ich sitze draußen. Für die letzten paar Minuten bin ich gut genug, für mehr nicht." Er fing an zu weinen. "Schau mich doch mal an. Ich bin älterer Jahrgang, ich bin 14, werde im Dezember 15. Ich bin mit dir zusammen der kleinste und körperlich schwächste Spieler im Team. Ich bin noch nicht im Stimmbruch und wie es unten bei mir aussieht, weißt du ja vom Duschen. Schau dir Felix an, der ist nur einen Monat älter als ich und ist schon ein richtiger Mann. Ich bin gegen ihn noch ein kleines Kind. Was soll das nächste Saison in der B-Jugend werden? Das macht alles keinen Sinn mehr." Kai nahm Michi tröstend in den Arm. "Geht mir doch ähnlich. Gut, ich bin jüngerer Jahrgang. Aber schau Lukas an, der ist nur eine Woche älter als ich. Er ist in den letzten Wochen 15 Zentimeter gewachsen, ist voll im Stimmbruch und alles andere weißt du ja auch. Gegen ihn bin ich auch noch ein Kind. Wir sind halt spät dran mit unserer körperlichen Entwicklung. Da kann man nichts machen." "Danke für deine tröstenden Worte, aber die bringen mich auch nicht auf den Platz", sagte Michi. "Bitte komm am Freitag ins Training, wir brauchen wirklich jeden Mann. Ich werde Andreas sagen, dass ich mich freiwillig auf die Bank setze, damit du spielen kannst", bot Kai an. Michi schüttelte den Kopf. "Du bist in den letzten Spielen immer wichtiger für die Mannschaft geworden und hast dir den Stammplatz verdient. Ich überlege mir, ob ich am Freitag komme. Danke, dass du da warst", sagte Michi. Dann ging Kai nach Hause.

Es war schon weit nach 20 Uhr, als es bei Büchners klingelte. Heike öffnete die Tür, es war Lukas. "Kann ich kurz zu Kai?", fragte er. "Klar, komm rein", antwortete Heike. Lukas ging in Kais Zimmer. "Und, hast du mit Michi gesprochen?", fragte er. "Ja. Michi ist frustriert, weil er nicht mehr spielt und keine Chance mehr sieht. Er will mit Fußball aufhören", berichtete Kai. "Das darf er nicht, wir brauchen ihn", rief Lukas empört. "Das habe ich ihm auch gesagt", sagte Kai. "Und wie hat er reagiert?", wollte Lukas wissen. "Er hat gesagt, er überlegt es sich. Vielleicht kommt er am Freitag wieder ins Training", antwortete

Kai. “Hoffentlich”, sagte Lukas. “Na dann bis morgen am Schulbus!”, verabschiedete er sich und ging heim.

Am Freitag war Michi Obermaier wieder im Training. Zur Überraschung Vieler war auch Erwin wieder da. "Erwin, wo warst du in den letzten zwei Wochen?", fragte Leon. "Mein Vater…", begann Erwin zögernd, "hat dir verboten zu kommen, das hat Stefan uns schon gesagt", sagte Alois. Erwin schüttelte den Kopf. "Nein, mein Vater ist letzten Montag in die Klinik gekommen. Er muss eine Entziehungskur machen, er ist Alkoholiker", sagte Erwin kleinlaut. "Da ging es bei uns zu Hause drunter und drüber, da hatte ich keinen Nerv für Fußball. Ich war auch nicht in der Schule. Aber mein Therapeut hat gesagt, dass ich wieder zum Fußball gehen soll, damit ich Ablenkung habe", erklärte er. "Schön, dass du wieder da bist", sagte Andreas. "Dann konzentriere dich jetzt voll auf den Ball und die Übungen, das wird dich am besten ablenken. Und ob du morgen gegen Illerting spielen willst, entscheidest du selbst."

Am nächsten Tag fuhr das Team nach Illerting zum Auswärtsspiel. "Wir haben jetzt noch vier reguläre Spieltage und die zwei Nachholspiele. Wenn wir drei dieser sechs

Spiele gewinnen, sind wir Gruppensieger und kommen in die Playoffs", rechnete Andreas vor. "Ich habe mir über die Aufstellung für heute viele Gedanken gemacht. Ich wollte Michi Obermaier mal wieder die Chance von Anfang an geben. Aber sein Verhalten vom letzten Samstag kann ich einfach nicht durchgehen lassen. Michi, du wusstest, dass du der einzige Ersatzspieler bist. Du hast die Mannschaft einfach im Stich gelassen. Ich kann deine Enttäuschung verstehen, aber du bleibst auch heute erstmal wieder auf der Bank. Erwin hat zwei Wochen gefehlt. Goran hat ihn rechts hinten gut vertreten und wird auch heute dort beginnen. Und Felix ist noch nicht fit, seine Wade tut noch weh. Er bleibt auch erstmal draußen. Also spielen wir so wie letzte Woche. Kai, eins noch zu dir: Sei mutig und entschlossen, übernimm mehr Verantwortung, sei nicht so schüchtern. Du spielst auf einer wichtigen Position, da musst du auf dem Platz präsent sein." Kai nickte. "Gut, ich versuche es", sagte er.

Es waren gerade einmal drei Minuten gespielt, als Leon in den gegnerischen Strafraum dribbelte und kurz vor dem Torabschluss von einem Verteidiger festgehalten wurde. Klare Sache - Elfmeter. "Mut, Entschlossenheit, Verantwortung", schoss es Kai durch den Kopf. Er nahm sich den Ball und legte ihn auf den Punkt. Den letzten Elfmeter hatte er verwandelt, was sollte da schon schiefgehen? Der Schiedsrichter pfiff, Kai verzögerte den Anlauf - doch der Torhüter blieb einfach stehen und reagierte überhaupt nicht auf die Finte. Kai war so perplex, dass ihm nur ein harmloser Schuss in die Mitte des Tores gelang, den der Keeper locker aufnehmen konnte. Kai schlug die Hände vors Gesicht. Sofort kam Leon, der heute die Kapitänsbinde trug, zu ihm gelaufen und tröstete ihn. "Kopf hoch Kai, kann passieren. Wir haben alle schon mal einen Elfmeter verschossen", sagte Leon. "Es sind erst ein paar Minuten gespielt, es steht 0:0, alles kein Problem. Mach einfach weiter." Kai berappelte sich langsam und versuchte, sich noch aktiver ins Spiel einzubringen. Er forderte immer wieder die Bälle im Zentrum, doch die Mitspieler liefen sich nicht richtig frei. Jetzt begann Kai, Kommandos zu geben und seine Kameraden aktiv zu dirigieren. Und tatsächlich öffneten sich jetzt Räume. Nach einem schönen Doppelpass stand Michi Huber plötzlich frei im Strafraum, fackelte nicht lange und schoss zum 1:0 ein. Kurz vor der Pause löste sich Leon von seinem Gegenspieler, Kai steckte den Ball durch die Lücke in der Abwehrkette und Leon erzielte das 2:0. Der verschossene Elfmeter war längst vergessen. "Wir wechseln jetzt aus: Michi kommt für Leon und Erwin für Goran", sagte Andreas in der Pause. "Leon, du wirst heute nicht mehr reinkommen. Gib die Binde demjenigen, den du für den geeigneten Kapitän für die 2.Halbzeit hältst. Leon überlegte kurz: Max, Stefan, vielleicht Tom… Doch dann hielt er Kai die Binde hin. "Du hast dich nach dem Elfmeter so toll ins Spiel gekämpft, das verdient meinen vollen Respekt", sagte er. Kai zögerte. Das war zu viel Verantwortung. Er schaute zu Felix. "Nimm die Binde Kai, du hast sie dir verdient", ermutigte Felix ihn. Also zog Kai sich die Kapitänsbinde über den Arm. "Käpt'n Kai klingt auch gut", lachte Stefan. Kai grinste und schaute kurz zu seinem Vater auf die Tribüne. Jörg hob mit stolzem Gesicht den Daumen. Dann pfiff der Schiedsrichter und es ging weiter. Sofort riss Kai das Spiel wieder an sich und verteilte die Bälle. Als Michi Obermaier zu einem Sprint in die Spitze ansetzte, war die Zeit gekommen. Kai legte ihm den Ball in den Lauf, Michi lief seinem Gegenspieler davon, umspielte den Torwart und schoss das 3:0. Kai und Michi umarmten sich heftig. "Danke Kai", strahlte Michi. Drei Assists hatte Kai jetzt schon, aber ein Tor wollte er auch noch schießen. Doch das hatte er sich zu sehr in den Kopf gesetzt. In der Folge versuchte er zu viel alleine, spielte den besser postierten Mitspieler nicht mehr an. Zehn Minuten vor Schluss wechselte Andreas ihn schließlich aus und brachte Felix. "Das war viel zu eigensinnig", tadelte Andreas Kai. "Verantwortung heißt nicht Egoismus. Du musst immer für die Mannschaft da sein", belehrte er ihn. "Ich wollte unbedingt ein Tor schießen", versuchte Kai, sich zu rechtfertigen. "Das habe ich gesehen", sagte Andreas, "aber es zählt nicht der Einzelne, sondern nur die Mannschaft. Das musst du immer im Hinterkopf behalten." Kai nickte. Nach einem Tor von Stefan aus der Distanz und einem Abstauber von Robin ging Audorf mit einem souveränen 5:0 vom Platz. Der erste der drei erforderlichen Siege war eingefahren.

"Andreas, kann ich dich mal kurz sprechen?", fragte Felix nach dem Mittwochstraining. "Klar mein Kapitän. Was gibt's?", fragte Andreas zurück. "Wir sind ja in der Liga so gut wie durch. Wir brauchen noch zwei Siege und haben noch zwei schwache Gegner." Andreas nickte. "Und wir haben jetzt zwei Englische Wochen vor uns." "Ja, wir spielen jetzt Samstag - Mittwoch - Samstag - Mittwoch, dann ist eine Woche frei und dann nochmal Samstag", bestätigte Andreas. "Genau. Und das mit Stefan auf der Sechs und Kai auf der Zehn klappt doch gut. Wir haben die letzten beiden Spiele auch ohne mich gewonnen." "Was willst du mir sagen?", schwante Andreas Böses. "Na ja, in der Schule läuft es nicht gut bei mir. Um es härter auszudrücken - total beschissen. Meine Versetzung ist stark gefährdet. In den nächsten drei Wochen stehen die entscheidenden Klassenarbeiten an. Da haben meine Eltern mir nahegelegt, auf Fußball zu verzichten", erklärte Felix kleinlaut. "Sie haben dir nahegelegt, auf Fußball zu verzichten", wiederholte Andreas. "Na ja... verboten", gab Felix zu. "Immerhin konnte ich erreichen, dass ich samstags auf der Bank sitzen kann. Aber die Mittwochsspiele finden definitiv ohne mich statt." "Puh, das ist ein harter Schlag", musste Andreas durchatmen. "Aber Schule geht vor, da muss ich deinen Eltern Recht geben. Gut, dann ist Leon für den Rest der Saison Kapitän und samstags kann ich dich einwechseln, wenn es nicht so für uns läuft", fasste Andreas zusammen. "Sag der Mannschaft bitte nichts davon", bat Felix. "Ich will als Kapitän keine Schwäche zeigen." "Und wie willst du den anderen erklären, dass du nicht spielst?", fragte Andreas. "Ich lasse mir was einfallen", antwortete Felix.

Felix' Abwesenheit im Freitagstraining begründete Andreas mit einem Arzttermin, bei dem Felix' Wade nochmal gecheckt wurde. Am Samstag war Felix dann in der Kabine. "Beim Fußball gibt es den Spruch "Never change a winning team", also spielen wir mit der gleichen Aufstellung wie in den letzten beiden Spielen", sagte Andreas kurz. "Felix auf der Bank? Warum das denn?", fragte Stefan. "Das muss ich euch erklären", begann Felix. "Eigentlich wollte ich es euch nicht sagen, aber ich habe Fußballverbot. Ich stehe in der Schule schlecht da und meine Eltern lassen mich erst wieder spielen, wenn ich den Klassenerh... äh… die Versetzung sicher geschafft habe." Lukas schüttelte sich vor Lachen. "Den Klassenerhalt geschafft - der war gut, Felix. Den Klassenerhalt sollte man in der Schule besser vermeiden." "Immerhin kann man in der Schule nicht absteigen", ergänzte Michi Obermaier und alle lachten.

Das Spiel gegen Ambach lief nicht wie gewünscht für Audorf. Im Mittelfeld hatte der Gegner große, schnelle Spieler auf den Flügeln und körperlich starke Akteure im Zentrum, gegen die Kai kein Land sah. Die Ambacher gingen kompromisslos in jeden Zweikampf und ließen Audorf nie zur Entfaltung kommen. Nach vorne taten sie nur das Nötigste, aber das reichte, um kurz vor der Pause in Führung zu gehen. Mehmet hatte einen langen Ball unterschätzt, Lukas kam nicht in den Zweikampf und der Stürmer ließ Max mit einem platzierten Schuss keine Chance. "Wir brauchen mehr Körperlichkeit im Mittelfeld und müssen Überzahl schaffen", sagte Andreas in der Halbzeitpause und schickte Felix zum Warmmachen. Auch nach dem Seitenwechsel änderte sich nichts am Spielverlauf. Felix kam für Mehmet ins Spiel. "Wir spielen hinten mit Dreierkette, Felix auf der Sechs und Stefan hilft Kai auf der Zehn", gab Andreas die Marschroute für den Rest des Spiels vor. Doch der Ambacher Trainer wechselte einen Stürmer aus und brachte einen zusätzlichen Verteidiger, ließ die Räume dadurch noch enger machen. Spielerisch gab es kein Durchkommen und Stefans verzweifelte Distanzschüsse flogen überall hin, nur nicht aufs Tor. Andreas zündete seine letzte Patrone und brachte Michi Obermaier für Kai als dritten Stürmer. Aber wenn kein Ball in den Strafraum kommt ist es egal, ob zwei oder drei Stürmer vorne drin stehen. So brachte Ambach das knappe 1:0 sicher über die Zeit. "Heute hätten wir noch drei Stunden spielen können und hätten kein Tor erzielt - solche Tage gibt es. Jetzt müssen wir zwei aus vier gewinnen, um sicher Erster zu werden", fasste Andreas das Spiel knapp zusammen. "Felix wird nicht mit nach Bahndorf fahren. Wir treffen uns am Mittwoch um 17 Uhr am Sportplatz."

Bahndorf war Letzter und kein echter Prüfstein für Audorf. Mit einem lockeren 4:0 im Gepäck und nur noch einem benötigten Sieg ging es zurück nach Hause. Michi Obermaier bekam mal wieder eine Chance von Beginn an und bedankte sich mit einem Doppelpack für Andreas' Vertrauen. Tom und Robin erzielten die beiden anderen Tore. Am Samstag gegen Wildbach stand Felix wieder im Kader, saß aber wie vereinbart nur auf der Bank. Leon war angeschlagen und blieb auch erstmal draußen. Wer sollte jetzt die Kapitänsbinde tragen? Andreas ließ die Mannschaft abstimmen und die Wahl fiel auf Max, der die ganze Saison über wenig zu tun hatte, aber immer gut gehalten hatte, wenn er gebraucht wurde. Heute sollte also der letzte Sieg her, um entspannt in die letzten beiden Spiele gehen zu können. Aber der Wildbacher Trainer schien sich mit dem Kollegen aus Ambach abgesprochen zu haben. Auch Wildbach machte die Räume eng und ging hart in die Zweikämpfe. Doch diesmal ergriff Stefan die Initiative und schaltete sich öfter in die Offensive ein, um Kai zu unterstützen. Das zeigte Wirkung. Stefan konnte härtere und präzisere Pässe spielen als Kai. Mit einem dieser Pässe fand er Robin im Strafraum, der ließ zum von hinten heranlaufenden Michi Obermaier prallen und Michi schoss das 1:0. Jetzt mussten die Gäste mehr für das Spiel tun und machten Druck. Andreas reagierte frühzeitig und brachte Felix für Kai, um defensiv sicherer zu stehen. "Heute gibt es keinen Schönheitspreis zu gewinnen, heute zählt nur das Ergebnis", sagte er in der Pause. Mitte der 2.Halbzeit kam Kai wieder ins Spiel, diesmal auf dem linken Flügel für Tom, wie so oft vor der Winterpause. "Du weißt, was wir machen", raunte Lukas ihm zu. Kai nickte. Und es funktionierte wieder: Lukas hinterlief Kai, der ließ sich zurückfallen, Lukas flankte und Stefan köpfte das 2:0. Damit war das Spiel entschieden, Audorf war der Gruppensieg nicht mehr zu nehmen. In der Kabine herrschte erleichterter und überschwänglicher Jubel - das Saisonziel Aufstiegsplayoffs war erreicht und man konnte ohne Druck in die letzten beiden Spiele gehen.

Das Nachholspiel am Mittwoch fiel aus, weil der Gegner nicht genug Spieler hatte - die Punkte gingen somit kampflos nach Audorf.

Also wurde trainiert. "Am Samstag sind die Pokalendspiele, da sind wir spielfrei. Wir treffen uns um 15 Uhr mit allen Spielern und Eltern im Vereinsheim, wir müssen über die nächste Saison sprechen", kündigte Andreas am Ende des Trainings an. Als am Samstag alle im Vereinsheim saßen, ergriff der Trainer das Wort: "Wir haben eine tolle Saison gespielt und sind souverän Gruppensieger geworden. Damit haben wir uns für die Aufstiegsplayoffs qualifiziert." Die Eltern klatschten den Kindern Beifall. "Aber wir werden zu diesen Spielen nicht antreten", fuhr Andreas fort. Lähmendes Entsetzen machte sich breit. "Warum nicht?", wollte ein Vater wissen. "Ganz einfach - weil wir nächste Saison keine C-Jugend haben werden", erklärte Andreas. "Wieso nicht?", fragte Lukas. "Unser Team besteht aus 14 Spielern. Davon gehen neun in die B-Jugend, fünf bleiben in der C-Jugend. Das sind Mehmet, Robin, Goran, Kai und Lukas. Dazu kommen vier Spieler aus der D-Jugend, macht insgesamt neun. Zu wenig für eine Mannschaft", bilanzierte Andreas. "Und jetzt?", wollte Robin wissen, "Spielen wir jetzt B-Jugend?" "Nein", sagte Andreas. "Ich habe mit dem Jugendleiter von Olting gesprochen, die haben die gleichen Probleme wie wir. Die haben acht C-Jugendliche, aber nur sechs für die B-Jugend. Wir bilden für beide Altersklassen eine Spielgemeinschaft. Die B-Jugend trainiert und spielt unter meiner Leitung hier, die C-Jugend trainiert und spielt in Olting. Hubert wird der Trainer sein, er hat diese Saison die D-Jugend in Olting trainiert und geht mit hoch in die C-Jugend." Allgemeines Schweigen. "Und wie kommen die Jungs nach Olting? Das sind zwölf Kilometer", fragte Heike. "Ihr müsst Fahrgemeinschaften bilden, anders geht es leider nicht", antwortete Andreas. "Ich hätte es auch lieber anders gehabt, aber das hier ist die einzige Lösung." "Warum können wir nicht alle zusammen in die B-Jugend gehen?", fragte Goran. "Ich kann verstehen, dass ihr zusammenbleiben wollt", sagte Andreas. "Aber wenn ihr jetzt alle in die B-Jugend aufrückt, bleiben die vier Spieler, die aus der D-Jugend hochkommen, auf der Strecke. Olting braucht euch alle, um eine C-Jugend stellen zu können. Außerdem habe ich 15 Spieler für die B-Jugend. Wenn ich euch fünf auch noch dazu nehme, habe ich 20 Mann. Das ist zu viel, ihr wollt ja auch alle spielen." Das mussten die Jungs erst einmal sacken lassen. "Jetzt lasst euch nicht so runterziehen", sagte Andreas. "Wir haben nächsten Samstag unser letztes Punktspiel. In 14 Tagen treffen wir uns hier mit den Oltingern und machen ein Trainingsspiel B-Jugend gegen C-Jugend. Danach feiern wir zusammen, damit ihr euch alle besser kennenlernt. Wer kann mir beim Organisieren der Feier helfen?" Vier Väter und zwei Mütter meldeten sich. Andreas bedankte sich bei allen für ihr Kommen und verabschiedete sich.

"Willst du nach Olting?", fragte Kai. "Nein, aber wir werden wohl müssen", antwortete Lukas. "Neuer Platz, neue Mannschaft, neues Umfeld, neuer Trainer - das macht mir alles ein bisschen Angst", gab Kai zu. "Warte doch erstmal das Trainingsspiel ab, vielleicht wird alles nicht so schlimm", beruhigte Lukas ihn.

Das letzte Punktspiel gegen Hainbach genossen die Jungs von Grün-Weiß Audorf noch einmal. Andreas ließ das Team die Aufstellung machen. "Kommt Jungs, wir losen, wer wo spielt", schlug Leon vor. Alle waren einverstanden. Die Lose wurden vorbereitet, jeder zog seine Position. "Ich bin mal gespannt, wer ins Tor muss", grinste Max. Alle lachten, als Lukas sich Torwartpulli und Handschuhe anzog. Vor ihm spielten Leon, Tom, Felix und Goran in der Abwehr, Michi Huber auf der Sechs, Max und Robin auf den Flügeln, Mehmet auf der Zehn und Kai und Erwin im Sturm. Michi Obermaier war traurig, denn er hatte die Ersatzbank gezogen und nahm neben Stefan und Alois dort Platz. "Du kommst schon bald ins Spiel. Ich brauche nach spätestens zehn Minuten ein Sauerstoffzelt", lachte Max. Da es auch für Hainbach um nichts mehr ging, plätscherte das Spiel so vor sich hin, typischer Sommerfußball. Als es zur Halbzeit noch 0:0 stand, mahnte Andreas zu mehr Ehrgeiz. "Das war mal ein toller Gag, aber wir wollen doch zum Saisonabschluss nochmal gewinnen", sagte er. Also gingen alle auf ihre angestammten Positionen, nur Lukas wollte unbedingt im Tor bleiben. Für ihn spielte Erwin links hinten. Audorf bestimmte jetzt das Spiel und ging durch Leon in Führung. Felix ließ das 2:0 folgen und Robin erhöhte auf 3:0. Kai verfolgte das alles von der Bank aus. Dann ging Stefan raus und Kai kam für ihn rein. Er forderte gleich die Bälle, spielte ein paar schöne Pässe, bereitete das 4:0 durch Tom vor und markierte den 5:0-Endstand selbst. “Na also, das war doch ein schöner Abschluss. Nächste Woche ist kein Training, da ich auf einer Dienstreise bin. Wir sehen uns am Samstag”, verabschiedete Andreas sich.

Im Trainingsspiel mit Olting wurde viel experimentiert und durchgewechselt, richtiger Spielfluss kam nicht auf. Die körperlich überlegene B-Jugend gewann den Test über 3x30 Minuten mit 12:3. Auf der anschließenden Feier saßen wenig überraschend die Oltinger in der einen Ecke zusammen und die Audorfer in der anderen. Irgendwie passte den Spielern beider Mannschaften die Spielgemeinschaft überhaupt nicht. Hubert rief seine Spieler noch einmal zusammen. “Ihr habt jetzt Sommerpause. Das erste gemeinsame Training ist in der vorletzten Ferienwoche. Wir trainieren immer mittwochs und freitags um 18 Uhr.” Die B-Jugend bei Andreas trainierte dienstags und donnerstags in Audorf und startete eine Woche früher mit der Vorbereitung.

Als Kai zum dritten Mal an den Grillstand ging um sich ein Steak zu holen, sagte Heike, die am Stand daneben Getränke ausgab: “Kai mach langsam! Das ist schon dein drittes Steak. So viel hast du noch nie gegessen. Nicht, dass dir nachher schlecht wird!” “Ich habe aber Hunger”, antwortete Kai und ließ sich auch gleich noch ein Würstchen geben. “So hat das bei Lukas auch angefangen”, lachte Beate. “Vier Wochen später war er 15 Zentimeter größer und 10 Kilo schwerer.” “Meinst du, das geht bei Kai jetzt auch los?”, fragte Heike. “Macht nächste Woche Großeinkauf, Kai wird euch in den Ferien die Haare vom Kopf fressen”, riet sie Heike.

"Wo fährst du denn in den Ferien hin?", fragte Kai. "Erst zwei Wochen zu meiner Tante nach Köln und dann zwei Wochen nach Holland ans Meer, wo wir die letzten drei Jahre auch waren. Ist voll cool da", antwortete Lukas. "Und du?" "Wir fahren gar nicht weg", sagte Kai. "Mein Vater hat viel Arbeit und meine Mutter will den Garten umgestalten und im Haus einiges neu machen." "Und was willst du die ganze Zeit machen? Wird dir nicht langweilig?", wollte Lukas wissen. "Das Jugendzentrum hat immer Ferienangebote. Tagesausflüge zum Wandern, Fahrradtouren oder Fahrten zum Badesee. Mir wird schon nicht langweilig", sagte Kai. "Wann fahrt ihr los?" "Am Dienstag", sagte Lukas. "Willst du von Montag auf Dienstag bei mir schlafen? Dann können wir nochmal richtig quatschen, bevor wir uns vier Wochen nicht sehen", fragte Kai. "Klar, können wir machen", war Lukas einverstanden. Sie redeten fast die ganze Nacht, gingen nochmal alles durch, was sie im letzten Jahr gemeinsam erlebt hatten und wie sie sich die Zukunft in Olting vorstellten. Nach einer kurzen Nacht mit wenig Schlaf verabschiedeten sie sich und

Familie Schmitz machte sich auf den Weg nach Köln.

Am Mittwoch ging Kai zum Jugendzentrum, eine Wanderung in den Bergen wurde angeboten. Als er dort ankam stellte er erfreut fest, dass Michi Obermaier auch da war. “Fährst du auch nicht weg?”, fragte Kai. “Doch”, antwortete Michi. “In den letzten beiden Ferienwochen fahren wir nach Italien ans Meer.” “Das ist ja toll, dann können wir ja auch noch andere Aktionen zusammen mitmachen. Dann bin ich nicht so alleine und mir wird nicht langweilig.” “Können wir gerne machen”, sagte Michi. Die Wanderung machte beiden viel Spaß. Als sie wieder am Jugendzentrum angekommen waren, schauten sie sich die nächsten Aktivitäten an und trugen sich die Termine in ihre Kalender auf dem Handy ein. Kai und Michi trafen sich fast jeden Tag, die ersten drei Wochen vergingen wie im Flug. “Nächste Woche fangt ihr ja wieder mit dem Training an”, sagte Kai zu Michi. “Ich habe kein Training mehr”, antwortete der. “Warum nicht?”, fragte Kai. “Ich habe doch gesagt, dass ich mit Fußball aufhöre. Ich habe in der B-Jugend keine Chance”, sagte

Michi. "Und ich habe keine Lust, nach Olting zu gehen", gestand Kai. "Komm, wir gehen am Dienstag zusammen ins Training", schlug er vor. Doch Michi blieb bei seiner Entscheidung und kam nicht mit.

"Kai? Was machst du denn hier? Ihr trainiert nächste Woche in Olting", begrüßte Andreas ihn. "Ich weiß. Aber ihr fangt heute schon an und ich will mich fit halten", erklärte Kai. "Na dann mach mal mit. Aber ich will keine Klagen hören, dass das Training zu hart ist. B-Jugend ist ein anderes Kaliber als C-Jugend", mahnte Andreas. Kai rannte, Kai schwitzte. Das Training war wirklich extrem hart. Am Ende war er fix und fertig, aber irgendwie glücklich. Er konnte überall mit den Größeren mithalten, lief teilweise sogar vorneweg. Als er nach Hause kam, wartete Heike schon. "Kai, wie siehst du denn aus? Du bist ja völlig fertig. Wo warst du?", fragte sie besorgt. "Ich war im B-Jugendtraining. Es war knallhart, so etwas habe ich noch nicht erlebt. Aber es hat gut getan, sich mal so richtig auszupowern", strahle Kai und ging ins Badezimmer. Nach dem Duschen aß er die doppelte Menge dessen, was er sonst zu sich nahm. Heike lächelte

- Beate hatte Recht, Kai wurde größer und kräftiger.

"Kai - was ist denn mit dir passiert?", fragte Lukas, als er aus dem Urlaub zurückkam. "Was soll schon passiert sein?", fragte Kai zurück. "Du bist fast wieder so groß wie ich", wunderte sich Lukas. "Stimmt, ich habe gar nicht gemerkt, dass ich gewachsen bin", sagte Kai. "Wie war es im Urlaub?" "Total cool, ich habe es voll genossen", strahlte Lukas. "Und wie war es hier?" "Alles gut. Ich habe viel mit den Leuten vom Jugendzentrum gemacht, Michi war auch dabei. Und ich habe letzte Woche bei der B-Jugend mittrainiert", berichtete Kai. "Und wie war das Training?", wollte Lukas wissen. "Total anstrengend, viel härter als letztes Jahr. Aber es hat voll Spaß gemacht." "Na ja, morgen müssen wir nach Olting. Mal sehen, wie es da ist", meinte Lukas. "Ja, aber jetzt erstmal willkommen zu Hause!", rief Kai und hielt Lukas die Hand zum Abklatschen hin. Lukas schlug zwar ein, schaute aber auf den Boden und schüttelte den Kopf. "Zu Hause war ich viel zu kurz", murmelte er traurig. "Wie meinst du das?", fragte Kai. "Ich wohne hier, weil mein Vater hier arbeitet. Aber mein Zuhause ist Köln", sagte Lukas.

Am nächsten Tag fuhr Jörg Kai und Lukas zum Training nach Olting. Von den 17 Spielern waren 12 im Training, der Rest war noch im Urlaub. Hubert begrüßte die Jungs, dann musste sich jeder kurz vorstellen. Sie machten ein paar Technikübungen und Torschuss. Nach einer kurzen Trinkpause bat Hubert zum Trainingsspiel. Kevin und Robin sollten die Mannschaften wählen. Wenig überraschend spielte Olting gegen Audorf, Audorf gewann deutlich. "Was war das denn für ein lasches Training?", fragte Kai Lukas auf der Heimfahrt. "Das hatte nichts mit Saisonvorbereitung zu tun", antwortete Lukas. "Du hättest mal sehen sollen, was Andreas letzte Woche gemacht hat. Wir sind nur gelaufen", sagte Kai. "Mal sehen, wie es am Freitag wird", hoffte Lukas auf Besserung. "Ich teile jetzt drei Viererteams ein, je zwei Oltinger und zwei Audorfer. Dann machen wir ein Turnier", sagte Hubert und teilte Leibchen aus. "Wir beginnen mit Grün gegen Rot." Im grünen Team spielte Lukas mit Kevin und Sebastian aus Olting und Robert, der aus der D-Jugend von Audorf kam. Bei Rot spielten Robin und Martin aus Audorf mit Berti und Gustav aus Olting. Team Gelb bestand aus

Kai und Mehmet aus Audorf und Hansi und Ludwig aus Olting. Egal wer gegen wen spielte - die beiden Oltinger spielten sich den Ball untereinander zu und die beiden Audorfer. Es harmonierte einfach nicht. "Wir haben nächste Woche ein Freundschaftsspiel, da müsst ihr miteinander spielen. Ihr seid jetzt eine Mannschaft, das will ich auf dem Platz sehen", forderte Hubert. Im nächsten Training waren schon 14 Spieler da. Hubert ließ die ganze Zeit sieben gegen sieben spielen und wechselte immer mal wieder die Positionen. Als Kai seine Mitspieler aufforderte, sich mehr zu bewegen und anzubieten, rief Robert: "Was willst du? Ich lasse mir doch von einem Audorfer nicht sagen, wo ich hinlaufen soll!" Auch Lukas wurde angemotzt. Als sein Nebenmann Berti wiederholt falsch zum Gegner stand und Lukas ihm erklären wollte, wie er es besser machen könnte, schnauzte Berti nur: "Du hast mir gar nichts zu sagen." Auch im letzten Training vor dem Freundschaftsspiel gegen Illerting spielten die Jungs mehr gegen- als miteinander. "So macht das keinen Spaß", sagte Kai auf der Heimfahrt enttäuscht. "Es macht keinen Sinn, wenn drei Mannschaften auf dem Platz stehen: Olting,

Audorf und der Gegner." Lukas gab ihm Recht. "Warten wir mal das Spiel morgen ab. Vielleicht klappt es, wenn ein richtiger Gegner auf dem Platz steht", gab er die Hoffnung auf Besserung nicht auf.

"Oh, ruut un wieß" freute sich Lukas, als er sein Trikot zugeworfen bekam. "Was ist los?", fragte Kai irritiert. "Endlich die richtigen Trikotfarben", lächelte Lukas. "Also Männer, jetzt zeigt, was ihr in den letzten beiden Wochen gelernt habt", sagte Hubert in der Teambesprechung. Lukas musste grinsen. "Wir spielen mit Hansi im Tor, Berti, Mehmet, Martin und Lukas in der Abwehr, Gustl und Luggi davor, dann Kevin, Kai und Wastl und Robi im Sturm", gab Hubert die Aufstellung bekannt. "Wer sind Luggi und Wastl? Die Namen habe ich noch nie gehört?", fragte Lukas Kai. "Luggi ist Ludwig und Wastl ist Sebastian. Das sagt man hier so", erklärte Kai. "Eure Sprache werde ich nie lernen", lachte Lukas. Das Spiel begann. Kai versuchte von Beginn an, das Kommando im Mittelfeld zu übernehmen und Ordnung ins Spiel zu bringen. Aber Gustav und Ludwig spielten den

Ball immer auf die Flügel zu Kevin und Sebastian, Kai sah kein Land. Er schaute fragend zu Lukas, der zuckte nur mit den Schultern. "Die spielen mich nicht an, was soll ich machen?", fragte er Hubert. "Du musst aktiver sein", antwortete der Trainer. Jetzt versuchte Kai, seine Mitspieler mit Kommandos zu dirigieren. Doch auch hier stieß er auf taube Ohren. Kurz vor der Pause erzielte Illerting das 1:0 nach einem Stellungsfehler von Berti. Lukas schüttelte den Kopf. "Bitte nimm mich raus", sagte Kai in der Pause zu Hubert. "Das hätte ich sowieso gemacht", schnaubte der Coach. "Andreas hat von dir geschwärmt und erzählt, wie gut du bist. Davon habe ich nichts gesehen." "Ich kann das Spiel nur lenken, wenn ich den Ball habe. Aber wenn ich nicht angespielt werde…", wollte Kai sich rechtfertigen. "Dann musst du dir den Ball halt holen", belehrte Hubert ihn. Kai setzte sich auf die Bank, er hatte die Nase voll. Mal sehen, wie Marlon sich auf der Zehn schlagen würde. Er war aus der Audorfer D-Jugend aufgerückt und war dort einer der besten Spieler gewesen. Doch auch an Marlon lief das Spiel komplett vorbei. Illerting gewann 3:0, Lukas war nach dem Schlusspfiff bedient.

"So funktioniert das alles nicht. Okay, Goran hat hinten gefehlt, mit ihm stehen wir besser, aber die beiden Sechser haben auch keine Sicherheit ausgestrahlt", sagte er zu Kai. Als sie sich in der Kabine auszogen um duschen zu gehen, stellte sich Hubert ihnen in den Weg. "Wo wollt ihr hin?", fragte er. "Na, duschen", antwortete Lukas. "Jugendspieler dürfen hier nicht duschen", sagte er streng. "Warum nicht?", fragte Lukas. "Wir müssen Wasser sparen. Der Verein konnte die Rechnung letztes Jahr kaum bezahlen. Jetzt dürfen nur noch die Spieler der 1.Mannschaft duschen. Und auch die sollen es lieber lassen", erklärte er. "Dann halt nicht", sagte Kai. Sie zogen sich um und stiegen zu Jörg ins Auto. Die ganze Rückfahrt über schaute Kai gedankenverloren aus dem Fenster. Immer wieder schüttelte er den Kopf. "Was denkst du gerade?", fragte Lukas. "Können wir das nachher besprechen?", fragte Kai. "Klar. Komm nach dem Abendessen zu mir", sagte Lukas. "Meine Eltern sind weg, ich habe sturmfreie Bude." "Sturmfrei klingt interessant", lachte Jörg. "Wie viele Mädchen hast du denn eingeladen?" Lukas wurde rot. "Nein, keine Mädchen", sagte er. "Vielleicht kommen ein paar Jungs aus der B-Jugend vorbei."

"Wer kommt denn noch?", wollte Kai wissen, als er bei Lukas war. "Fast niemand", antwortete Lukas. "Felix kommt vielleicht mal kurz vorbei. Michi kommt heute aus Italien heim, wenn es nicht zu spät wird, kommt er auch." "Felix wäre gut", sinnierte Kai. Zehn Minuten später klingelte es an der Tür - es war tatsächlich Felix. Er war fein angezogen und roch nach Parfüm. "Oh Felix, das wäre nicht nötig gewesen. Wir sind hier ganz locker", lachte Lukas. "Nein, das habe ich nicht für euch gemacht", grinste Felix. "Ich habe nachher noch eine Verabredung", ergänzte er augenzwinkernd und formte mit seinen Händen zwei kleine Bälle vor seiner Brust. Lukas kicherte. Sie gingen in Lukas' Zimmer, wo Kai schon auf sie wartete. Ohne zu zögern ergriff er das Wort. "Wir hatten vorhin ein Freundschaftsspiel gegen Illerting. Es war eine Katastrophe. Das ganze Team ist eine Katastrophe. Das war mein erstes und letztes Spiel für Olting. Ab Dienstag trainiere ich in der B-Jugend. Habe ich Chancen, da in die Mannschaft zu kommen?", fragte er Felix. "Wir sind 15 Mann, da wirst du immer eine Chance haben. Aber du weißt ja aus der letzten Saison, dass ich auf der Sechs spiele und Stefan auf der Zehn. Dazu kommt Johannes aus Olting, der auch Zehner spielen kann. Also im Zentrum wirst du erstmal keine Chance haben", erklärte Felix die Situation. "Ist mir egal", sagte Kai, "dann setze ich mich halt auf die Bank. Ich habe heute auch die gesamte 2.Halbzeit draußen gesessen." "Was ist mit dir, Lukas?", wollte Felix wissen. "Ich habe keine Probleme in Olting", sagte Lukas. "Klar, es passt in der Mannschaft vorne und hinten nicht. Aber das kann sich noch entwickeln. Ich habe meine Position, ich habe meinen Stammplatz, ich mache mein Ding und der Rest ist mir egal." "Schade", sagte Felix. "Genau auf deiner Position haben wir überhaupt niemanden." "Das ist doch super", freute sich Kai. "Du musst auch in die B-Jugend kommen, Lukas. Dann spielen wir wieder zusammen. Ich kann es ja wieder im linken Mittelfeld versuchen. Gegen Tom habe ich vielleicht eine Chance. Dann spielen wir wieder zusammen auf der Seite", sagte er euphorisch. "Weiß ich noch nicht, muss ich mir überlegen", meinte Lukas.

"So, ich muss los. War schön, mal wieder kurz mit euch gesprochen zu haben", drängte Felix mit Blick auf die Uhr. Lukas brachte ihn zur Tür. "Wo muss er denn hin?", fragte Kai, als Lukas zurück in seinem Zimmer war. "Er hat ein Date mit einem Mädchen. Wir sollten mal freitags zur Jugenddisco gehen und schauen, was da so für Mädchen rumlaufen", schlug er vor. "Ist nicht - Jugenddisco ist erst ab 14. Das sind wir noch nicht", schüttelte Kai den Kopf. "Aber bald", merkte Lukas an. "Außerdem sind mir Mädchen egal. So weit bin ich noch nicht", gestand Kai. "Ich schon", grinste Lukas.

"Ich wollte noch etwas mit dir besprechen. Gut, dass wir alleine sind", sagt Kai. "Was gibt es denn noch?", fragte Lukas neugierig. "Es hat mich ziemlich geschockt, als du gesagt hast, dass du hier nur wohnst, aber dass Köln dein Zuhause ist. Das musst du mir erklären. Was ist denn an Köln so besonders?" "Das kann man nicht so einfach erklären", suchte Lukas nach den richtigen Worten. "Köln ist eine Millionenstadt. In Köln ist immer was los, da tobt das Leben. Überall Autos, überall Menschen, überall Trubel. Und es ist irgendwie besonders. Kölle es e Jeföhl, das kann man nicht beschreiben, das muss man erleben. Man wird in sein Veedel geboren, man wächst dort auf, man kennt die Menschen, alle sind füreinander da. Wer einmal in Köln gelebt hat, will nie mehr weg. Das hier ist eine völlig andere Welt. Wiesen, Berge, schöne Landschaft. Aber das nächste Dorf ist kilometerweit weg, kaum Menschen auf der Straße. Hier kann man mal zwei Wochen Urlaub machen. Aber das ganze Leben hier verbringen?" Lukas schüttelte den Kopf. "Aber ich hatte im letzten Jahr nie das Gefühl, dass du Heimweh hast", wunderte sich Kai. "Es war ja alles neu und aufregend hier: Neue Nachbarn, neue Freunde, neue Fußballmannschaft, neue Schule. Wir beide waren sofort ein Herz und eine Seele. In der Mannschaft lief es gut, wir waren ein richtig tolles Team. Da war keine Zeit für Heimweh. Aber als ich in den Ferien wieder in Köln war, wurde mir auf einen Schlag klar, wo ich hingehöre und wo ich sein will", sagte Lukas. Kai streckte seine Hand nach Lukas aus. "Ich will alles dafür tun, dass du kein Heimweh mehr hast und dass du dich hier wohlfühlst. Du bist mein bester Freund, ich will, dass es dir gut geht." Lukas nahm Kais Hand und drückte sie ganz fest. Sie sahen sich tief in die Augen. Da war es wieder, dieses unsichtbare Band, das die beiden verband. Und diesmal war sich Lukas ganz sicher, dass auch Kai es ganz bewusst spürte. "Ich komme am Dienstag mit dir ins B-Jugendtraining", sagte er leise. Glücklich ging Kai nach Hause.

Am Dienstag gingen Kai und Lukas zum Sportplatz. "Hallo ihr Beiden, wollt ihr heute mal mittrainieren?", empfing Andreas sie freundlich. "Mittrainieren und mitspielen - grundsätzlich", antwortete Kai. "Das mit dem Mitspielen ist nicht so einfach", sagte Andreas nachdenklich. "Wir haben die Vereinbarung mit Olting." "Ich spiele aber nicht in Olting und Lukas wird hier ja gebraucht, wie Felix erzählt hat", sagte Kai und berichtete, was sie in Olting erlebt hatten. "Na ja, trainiert erstmal mit, das andere besprechen wir dann später", stimmte Andreas letztlich zu. Die beiden hängten sich im Training voll rein, sie wollten schließlich beweisen, dass sie auch in der B-Jugend bestehen konnten. "Das ist echt viel anstrengender als letzte Saison", schnaufte Lukas am Ende des Trainings. "Willst du, oder willst du nicht?", fragte Kai. "Für mich steht fest, dass ich hier bleibe. Auch wenn ich nur auf der Bank sitze und nach jedem Training fix und fertig bin." Nach dem Training suchte Andreas nochmal das Gespräch mit Kai und Lukas. "Also, ihr habt beide gut trainiert und ihr wisst. das ich viel von euch halte", fasste er seine Eindrücke zusammen. "Auf Lukas' Position in der Abwehr brauchen wir wirklich noch jemanden, aber du, Kai, wirst kaum eine Chance bekommen. So ehrlich muss ich sein, so gerne ich dich auch weiterhin fördern und entwickeln würde." "Kein Problem", antwortete Kai. "Ich setze mich auch auf die Bank und gebe mich mit Kurzeinsätzen zufrieden. Im Zentrum wird es echt sehr schwer. Aber gegen Tom auf dem linken Flügel habe ich doch vielleicht eine Chance", hoffte er. "Das wird die Zukunft zeigen. Kommt am Donnerstag wieder, ich rede mit Hubert. Vielleicht reicht ihm die Zusage, dass ihr in Olting aushelft, wenn Not am Mann ist, damit er euch hier spielen lässt."

Hubert gab beide frei, somit waren Kai und Lukas von nun an fester Bestandteil der B-Jugend. Lukas spielte in den Punktspielen immer von Anfang an, hatte aber körperlich große Probleme, mit den größeren und schnelleren Stürmern mitzuhalten und musste sich oft mit Fouls helfen. "Dein Stellungsspiel ist nicht gut genug und dein Timing bei den Grätschen war auch schon besser", tadelte Andreas. "Ich werde daran arbeiten", versicherte Lukas. Kai saß nur auf der

Bank und kam für die letzten paar Minuten auf verschiedenen Positionen zum Einsatz, aber alles war ihm lieber, als bei Hubert in Olting zu spielen. Da die B-Jugend komplett aus Spielern des jüngeren Jahrgangs bestand (plus den beiden C-Jugendlichen), hatte sie einen schweren Stand in den Ligaspielen. Nach fünf Spielen hatte Audorf erst zwei Punkte und war Vorletzter, aus dem Pokal waren sie direkt ausgeschieden. Aber das Team arbeitete im Training hart und die Oltinger fügten sich gut ein. Allerdings kämpfte der ein oder andere Spieler aufgrund des ausbleibenden Erfolges mit Lustlosigkeit. Das gab Kai Hoffnung, irgendwann in eine sich auftuende Lücke zu stoßen. Er merkte, dass er dicht an den anderen dran war.

Ende Oktober feierten Kai und Lukas zusammen mit ein paar Jungs aus der Mannschaft ihren 14.Geburtstag. "Jetzt können wir endlich zur Jugenddisco gehen", konnte Lukas den kommenden Freitag kaum erwarten. "Wenn es für dich nichts Wichtigeres als Disco und Mädchen gibt...", sagte Kai leicht genervt und ging mit Lukas zum Jugendzentrum. “Erzähl mir nicht, dass du dich überhaupt nicht für Mädchen interessierst”, meinte Lukas. “Doch, natürlich schaue ich auch, wer hübsch und wer hässlich ist und ich habe auch meine Vorlieben. Wenn ich auf dem Bett liege und vor mich hinträume, denke ich mal an die Eine und mal an die Andere”, erwiderte Kai. “Aber für mich ist das nicht so wichtig. Da gibt es andere Dinge wie Schule oder Fußball, die mir mehr bedeuten.” Im Jugendzentrum angekommen zahlten beide ihren Eintritt und setzten sich auf eine Couch ziemlich am Eingang. “Hier sieht man am besten, wer reinkommt und kann gleich Kontakt aufnehmen”, erklärte Lukas seine Strategie. Die ersten beiden Mädchen kamen rein. Lukas sprach sie sofort an, aber sie reagierten nicht. Bei den nächsten beiden dasselbe. “Willst du eigentlich alle ansprechen, egal wie sie aussehen?”, fragte Kai verwundert. “Klar, irgendeine wird schon stehen bleiben”, antwortete Lukas. “Und wenn sie fett und hässlich ist?”, hakte Kai nach. “Klar”, antwortete Lukas, “ich muss sie ja nicht heiraten. Ich will Erfahrung sammeln.” Kai schüttelte den Kopf.

Jetzt kam wieder ein Mädchen durch die Tür und lief an ihnen vorbei. “Hallo, wie geht's dir, alles klar?”, ahmte Kai Lukas nach. Das Mädchen blieb stehen. “Oh, hallo! Dich habe ich ja noch nie hier gesehen. Wer bist du denn?”, fragte das Mädchen. “Ich… äh… Kai”, stammelte Kai ganz perplex. “Ah, hallo Kai, ich bin Judith. Bist du zum ersten Mal hier?”, fragte sie. “Ja, wir sind gerade erst 14 geworden”, sagte Kai und zeigte auf Lukas und sich. “Komm mit, wir holen uns was zu trinken”, sagte Judith und zeigte zur Bar. Kai zwinkerte Lukas zu und folgte Judith an die Bar. Sie holten sich eine Cola und stellten sich an einen der Bistrotische. Sie unterhielten sich miteinander, Kai war erst ziemlich verkrampft, wurde aber immer lockerer und gesprächiger. Lukas saß mit offenem Mund auf der Couch und konnte es nicht glauben. Als um 21 Uhr der DJ loslegte und Judith zur Tanzfläche zeigte, schüttelte Kai den Kopf. Judith ging tanzen und Kai setzte sich wieder zu Lukas. ”Das glaube ich ja nicht”, sagte Lukas immer noch fassungslos. “Ich spreche eine nach der anderen an und nichts passiert, und bei dir bleibt gleich die Erste stehen.” “Man muss halt die Richtige ansprechen”, sagte Kai triumphierend. Lukas schüttelte den Kopf. "Und die gefällt dir?", fragte er. "Nein, ich will nur Erfahrung sammeln", konterte Kai. "Aber Judith ist ganz nett." Jetzt kam Felix durch die Tür. Er sah Kai und Lukas und ging direkt zu ihnen. "Na sieh mal einer an - Kai und Lukas auf Mädchenjagd", sagte er provozierend. "Lukas jagt und ich bin erfolgreich", lachte Kai und erzählte, was er eben erlebt hatte. "Komm Lukas, wir holen uns was zu trinken", schlug Felix vor. Als die beiden an der Bar standen, kam Judith von der Tanzfläche zurück. Sie ging zu Kai. "Ich gehe heim, heute ist nicht viel los und niemand will tanzen", sagte sie. "Kommst du nächsten Freitag wieder?" "Ich denke schon", sagte Kai. "Gut, dann sehen wir uns. Bis nächste Woche!", verabschiedete Judith sich, umarmte Kai kurz und küsste ihn auf die Wange. Das sahen Lukas und Felix natürlich. "Oh, Casanova Kai", sagte Felix leicht übertrieben. "Bitte Felix, hör damit auf. Es reicht mir, wenn Stefan ständig Worte mit K oder C vor meinen Namen stellt, um mich zu foppen", bat Kai seinen Kapitän leicht genervt. "Sorry", entschuldigte Felix sich. "Schon gut", verzieh Kai ihm, "einerseits nervt mich das, andererseits ist es ja ein gutes Zeichen, wenn ihr mir Kosenamen gebt. Das zeigt, dass ihr mich mögt", lächelte er. "Und an "Kicker Kai" habe ich mich ja schon gewöhnt. Das klingt ja auch cool." "Komm, wir gehen heim", drängte Lukas plötzlich. "Es ist schon bald zehn Uhr und wir haben morgen ein Spiel." "Alles klar", war Kai einverstanden. "Ich bleibe noch etwas, ich bin ja eben erst gekommen", sagte Felix. Kai und Lukas tranken ihre Cola aus und machten sich auf den Heimweg.

Kai wollte sich mit Lukas unterhalten, aber der blockte jedes Gespräch ab. Also gingen sie einen Großteil des Weges schweigend. "Und wie war es?", fragte Jörg als Kai zur Haustür hereinkam. Was sollte er jetzt sagen? "Ich habe ein Mädchen angesprochen, wir haben uns nett unterhalten und uns für nächste Woche verabredet und sie hat mich geküsst?" Nein, das konnte er nicht sagen. "Kai gegen Lukas 1:0", sagte er nur kurz und ging schnell in sein Zimmer, bevor sein Vater weitere Fragen stellen konnte. "Was war das eben?", fragte Heike, die sich gerade in der Küche etwas zu trinken geholt hatte. “Kai gegen Lukas 1:0 - worin auch immer”, wiederholte Jörg und lächelte.

Am nächsten Tag bekam Kai kurz vor dem vereinbarten Treffpunkt mit Lukas eine WhatsApp von ihm: "Geh schon mal zum Sportplatz. Ich habe mich in der Zeit vertan und brauche noch ein paar Minuten. Ich komme nach." Das war total untypisch für Lukas, er war sonst immer pünktlich. Also ging Kai alleine zum Sportplatz, Lukas kam kurz nach ihm in die Kabine. "So Männer, heute ist ein wichtiges Spiel. Wenn wir heute verlieren, verlieren wir den Anschluss ans Tabellenmittelfeld", gab Andreas dem Team bekannt. "Wir starten wie gewohnt mit Max im Tor, Erwin, Alois, Martin und Lukas in der Abwehr, Felix Sechser, Michi und Tom auf den Flügeln, Johannes und Stefan hinter der einzigen Spitze Leon. Kai, Herbert, Kevin und Matthias auf der Bank", gab er die Aufstellung bekannt. Hainbach drückte Audorf von Beginn an hinten rein, Audorf konnte kaum für Entlastung sorgen. Nach fünf Minuten lief ein Hainbacher Außenspieler Lukas weg, der grätschte ihn von hinten um. "Ich gebe dir Gelb, weil der Ball spielbar war. Andere Schiedsrichter hätten dich jetzt schon rausgeschmissen", war der Referee gnädig. Mitte der 1.Halbzeit drang ein Hainbacher Stürmer in den Audorfer Strafraum ein. Lukas ging ungeschickt in den Zweikampf, traf seinen Gegenspieler leicht am Fuß. Der nahm den Kontakt dankend an und ließ sich theatralisch fallen - Elfmeter. "Beim nächsten Foul bist du raus", ermahnte der Schiedsrichter Lukas zum letzten Mal. Hainbach verwandelte den Strafstoß zum 0:1. Noch vor dem Anstoß reagierte Andreas, brachte Kai für Lukas ins Spiel und zog Tom zurück in die Abwehr. "Was ist denn heute mit dir los?", fragte er Lukas. "Zweimal Pech gehabt", antwortete der. "Kann ich mich umziehen? Ich komme heute ja eh nicht mehr rein." Andreas nickte und Lukas ging in die Kabine. Als die Audorfer zur Halbzeitpause in die Kabine kamen, war Lukas nicht mehr da. "Er ist wohl heimgegangen", mutmaßte Kai. "Ich gehe nach dem Spiel bei ihm vorbei." In der 2.Halbzeit passierte nichts Entscheidendes mehr. Audorf hatte die eine oder andere Torchance, doch es blieb beim 0:1.

Ohne zu duschen lief Kai nach Hause. Er machte sich Sorgen um Lukas, er verhielt sich so anders als sonst. Kai klingelte bei Schmitz', Beate öffnete die Tür. "Ist Lukas da?", fragte

Kai. “Nein, wieso? Ist irgendwas? Ihr wart doch bis eben beim Spiel”, wunderte Beate sich. Kai wurde blass. “Lukas wurde früh ausgewechselt, stand kurz vor der Roten Karte. Er ist noch vor der Halbzeitpause in die Kabine und dann verschwunden”, erklärte Kai die Situation. Jetzt wurde auch Beate blass. “Ich rufe ihn an”, sagte Kai schnell, zog sein Handy aus der Tasche und wählte Lukas’ Nummer. Nach dem dritten Klingeln ging Lukas dran. “Was willst du?”, knurrte er. “Lukas, wo bist du? Ich mache mir Sorgen um dich”, flüsterte Kai ängstlich. “Brauchst du nicht. Ich will einfach meine Ruhe”, sagte Lukas und legte auf. “Wo ist er?”, fragte Beate. “Keine Ahnung, aber er hat gesagt, wir sollen uns keine Sorgen machen. Ich gehe ihn trotzdem suchen”, sagte Kai. “Kann ich meine Sporttasche hier lassen?”, fragte er Beate. “Klar, melde dich bitte, wenn du ihn gefunden hast”, bat sie. Kai ging los. Aber wohin sollte er gehen, wo sollte er anfangen zu suchen? Instinktiv führte ihn sein Weg zum Jugendzentrum. Und tatsächlich - da saß Lukas auf einer Bank in der Sonne, die Sporttasche vor sich, sein Gesicht in seine Hände vergraben. Kai atmete erleichtert auf und ging zu seinem Freund. Da er nicht wusste was er sagen sollte, setzte er sich einfach nur neben Lukas. Er sah sofort, dass es Lukas nicht gut ging. Kai erinnerte sich an den Tag, als er mit seinem Gipsbein auf dem Bett gelegen hatte und wie Lukas ihn tröstete. Also griff er Lukas' Hand und hielt sie zwischen seinen Händen. "Es ist einfach etwas viel im Moment", begann Lukas plötzlich zu reden. "Vorgestern habe ich in Englisch und Mathe eine Fünf zurückbekommen. Gestern habe ich Mädchen angequatscht wie verrückt und nichts ist passiert und bei dir ist gleich die Erste stehengeblieben. Du hattest einen schönen Abend, ich nicht. Felix gibt dir einen Spitznamen, mir gibt niemand einen. Dann wollte ich heute im Spiel Frust abbauen und das ging auch so richtig nach hinten los. Wie ist das Spiel eigentlich ausgegangen?" "Das sage ich dir besser nicht", antwortete Kai zögernd. Lukas nickte. "Ich kann es mir denken. 0:1, oder?", fragte er nach. Kai nickte. "Das passt. Im Moment hat sich die ganze Welt gegen mich verschworen", murmelte Lukas und kämpfte mit den Tränen. Kai begann Lukas' Handrücken zu streicheln, so wie Lukas es damals bei ihm getan hatte. "Wird schon wieder, solche Tage hat jeder mal", sagte Kai tröstend. "Ich habe mich gestern auch nicht ganz fair dir gegenüber verhalten, habe meinen Erfolg vielleicht etwas zu sehr genossen. Aber das war einfach Glück. Hättest du Judith angesprochen, wäre sie mit dir an die Bar gegangen und hätte dich geküsst", versuchte er Lukas aufzubauen. "Nein, sie hatte nur Augen für dich", sagte Lukas. "Aber das ist jetzt egal. Danke, dass du hier warst. Jeden anderen hätte ich zum Teufel gejagt. Auch wenn es blöd klingt, aber schön, dass du dir Sorgen um mich gemacht hast. Das zeigt, dass du ein wahrer Freund bist", sagte Lukas, stand auf und nahm Kai fest in den Arm. Da war es wieder dieses unsichtbare Band und jetzt spürten es beide ganz bewusst und so intensiv wie noch nie zuvor. "Lass uns heimgehen, die Sonne ist weg, es wird kalt", sagte Kai und sie gingen nach Hause.

Im Training am Dienstag waren die Reihen stark gelichtet, von den 17 Spielern waren nur 11 anwesend. "Wo sind denn die anderen?", fragte Felix. "Keine Ahnung, mir hat niemand abgesagt", antwortete Andreas. "Die haben bestimmt keine Lust mehr, weil wir ständig verlieren", mutmaßte Lukas. "Stefan hat sowas angedeutet, ich werde ihm nachher mal schreiben", sagte Erwin. Außer Stefan fehlten mit Herbert, Kevin, Matthias und Ahmed nur Oltinger Spieler. "Vielleicht haben die irgendwas in Olting und kommen am Donnerstag wieder", hoffte Tom. "Nein, wir haben nichts in Olting. Sonst wären Martin und ich ja auch nicht da", sagte Johannes. "Die haben keine Lust, ständig auf der Bank zu sitzen." "So geht das einfach nicht", stellte Andreas klar. "Wenn jemand nicht zum Training kommen kann oder will, hat er sich abzumelden. Wir spielen am Sonntag gegen Burgneudorf, da müssen wir mehr als elf Mann sein."
"Stimmt, wir spielen ja erst am Sonntag", sagte Lukas zu Kai. "Da lässt sich doch was machen." "Was meinst du?", fragte Kai. "Lass mich mal machen", antwortete Lukas. "Ich komme am Freitag übrigens nicht mit ins Jugendzentrum, ich habe Wichtigeres vor",

fügte er hinzu. "Alleine gehe ich auch nicht", sagte Kai. "Bist du nicht mit Judith verabredet?", erinnerte Lukas ihn. "Ja schon, aber die ist mir nicht so wichtig", sagte Kai. Am Donnerstag war die personelle Situation nicht wirklich besser. Immerhin hatte Kai erreicht, dass Michi Obermaier nach viermonatiger Pause wieder im Training war. Er war kräftig gewachsen und konnte körperlich jetzt einigermaßen mithalten. "Schön, dass du wieder da bist", freute Andreas sich. "Kai hat mir erzählt, wie knapp ihr im Moment besetzt seid", erklärte Michi. "Und irgendwie hat mir der Fußball doch gefehlt." "Trotzdem brauchen wir noch Spieler für Sonntag", war Andreas unzufrieden mit der Personallage. "Ist in Arbeit", sagte Lukas. "Wie das?", wollte Andreas wissen. "Ganz einfach - ich war gestern in Olting im Training. Morgen gehe ich wieder hin, spiele am Samstag für die C-Jugend und sorge dafür, dass Goran, Mehmet und Robin am Sonntag hier auf der Bank sitzen", schilderte Lukas seinen Plan. "Und dann hast du ihre Pässe und sie bleiben hier." "Das geht nicht so einfach. Was passiert dann mit der C-Jugend?", meinte Andreas. "Die fällt in der Winterpause eh auseinander. Die

Stimmung ist miserabel, keiner hat mehr richtig Lust und Hubert ist völlig überfordert", berichtete Lukas.

Gesagt - getan. Am Sonntag war die Ersatzbank voll. Stefan war nicht da, er bräuchte eine Pause teilte er Andreas mit. Mit Martin und Johannes waren jetzt nur noch zwei Oltinger Spieler im Kader. "Wir spielen mit Max im Tor, Erwin, Martin, Alois und Lukas in der Abwehr, Felix auf der Sechs, Michi Huber und Tom auf den Flügeln, Kai und Johannes im offensiven Mittelfeld und Leon im Sturm. Goran, Mehmet, Michi Obermaier und Robin auf der Bank", gab Andreas die Aufstellung bekannt. Die vier Ersatzspieler freuten sich, dass sie wieder im Kreis der alten Kameraden waren. "Wie habt ihr eigentlich gestern gespielt?", wollte Leon wissen. "2:4 verloren, da war wieder keine Mannschaft auf dem Platz", antwortete Lukas. "Wenn ich nicht gespielt hätte, hätten wir noch viel höher verloren." Das Spiel gegen Burgneudorf nahm zunächst den erwarteten Verlauf: Die körperlich unterlegenen Audorfer standen hinten drin und verteidigten so gut sie konnten. Kai ließ sich

etwas hinter Johannes zurückfallen und versuchte, sich die Bälle zu organisieren. Er wollte seine Nebenleute aktiv dirigieren, doch seine Stimme überschlug sich immer, wenn er laut rief. Der Stimmbruch forderte seinen Tribut, die anderen Spieler mussten immer wieder lachen, wenn Kai drei tiefe und danach zwei hohe Töne hervorbrachte. Nach und nach bekam er aber Ordnung ins Spiel und Audorf hatte auch die eine oder andere Torchance. Mit 0:0 ging es in die Pause.
"Macht so weiter, wir können heute für eine große Überraschung sorgen", machte Andreas den Jungs Mut. Mitte der 2.Halbzeit brachte er mit Robin für Johannes einen zweiten Stürmer. Tom brach über den linken Flügel einmal durch, flankte den Ball in die Mitte, die Burgneudorfer Abwehr klärte nicht weit genug, Felix zog aus der Distanz ab und der Ball schlug unhaltbar im Winkel ein. Der Bann war gebrochen, Audorf endlich mal in Führung. Drei Minuten später dribbelte sich ein Burgneudorfer Stürmer in den Audorfer Strafraum, schoss, Max konnte nur abklatschen, doch den Nachschuss rettete Lukas gerade noch vor der Linie. Die Jungs glaubten jetzt an sich und legten eine Schlussoffensive

hin. Kai schickte Michi Obermeier, der für Leon gekommen war, steil, Michi lief bis zur Grundlinie, legte in den Rückraum ab, wo Kai angesprintet kam und zum 2:0 einnetzte. Das war's, Audorf hatte kurz vor der Winterpause ein Lebenszeichen gesendet und den ersten Saisonsieg eingefahren. Die Jungs waren überglücklich. "So machen wir weiter!", rief Lukas euphorisiert. "Wir bleiben so zusammen und rollen das Feld von hinten auf!" Noch in der Kabine vereinbarten die Jungs, sich montags zu einer freiwilligen dritten Trainingseinheit zu treffen und in Eigenregie Athletik und Zweikämpfe zu trainieren - schließlich waren jetzt fünf C-Jugendliche im Kader. "Bis es Ende Februar weitergeht, können wir hoffentlich mithalten. Wir werden ja körperlich auch immer stärker", gab Felix das Ziel aus.

Am nächsten Tag waren tatsächlich alle zum freiwilligen Training auf dem Sportplatz. Selbst die beiden Oltinger waren gekommen. Andreas hatte Felix drei Bälle, Hütchen und Leibchen zurechtgelegt, auf die die Jungs zurückgreifen konnten. Sie machten erst Sprintübungen und dann Zweikämpfe. Ein Spiel auf engem Raum sollte zum Schluss die Technik verbessern. Alle hatten ihren Spaß, der Erfolg vom Vortag und der wiedergewonnene Teamgeist motivierten alle. Noch ein Spiel bis zur Winterpause und dann alles dafür tun, dass die Rückrunde erfolgreicher würde, als die enttäuschende Vorrunde.

Am Freitag gingen Kai und Lukas wieder in die Jugenddisco. Judith war mit einer Freundin da. Die beiden gingen zielstrebig auf die beiden Jungs zu. "Wir waren für letzte Woche verabredet, wo warst du?", fragte Judith Kai vorwurfsvoll. "Sorry, mir ist was dazwischengekommen", entschuldigte Kai sich. "Ich konnte dir ja auch nicht absagen, ich habe deine Nummer nicht", fügte er schnell noch hinzu. "Das war trotzdem nicht schön. Zur Strafe musst du heute mit mir tanzen", sagte sie ernst. "Das ist übrigens Joelina, sie kümmert sich um deinen Freund." "Hallo, ich bin Lukas", stellte Lukas sich kurz vor. Er war überrascht, dass er jetzt auch jemanden an seiner Seite hatte. Die vier unterhielten sich zunächst ganz normal und tranken etwas. Als der DJ um 21 Uhr auflegte, zog Judith Kai auf die Tanzfläche und Joelina nahm Lukas an die Hand. Die Jungs lächelten gequält und gingen mit - es blieb ihnen ja nichts anderes übrig. Sie stellten sich sehr ungeschickt an, traten den Mädchen immer wieder auf die Füße. Ob das Absicht war? Nach vier Liedern gaben die Mädchen auf und suchten sich andere Tanzpartner. Kai und Lukas waren erleichtert und gingen auf ihre Couch. "Mal sehen, ob Felix auch wieder kommt", sagte Lukas. Doch Felix kam diesmal nicht. Da Lukas keine rechte Lust hatte, auf Mädchenjagd zu gehen und Kai auch früh nach Hause wollte, gingen sie zeitig. Morgen war schließlich wieder ein Spiel.

Das letzte Spiel vor der Winterpause verlief wie die meisten anderen Spiele dieser Saison auch. Der Gegner war spielerisch nicht unbedingt besser, aber körperlich stärker und dominierte das Spiel. Audorf hielt zwar gut dagegen, ging aber letztlich mit 1:2 knapp geschlagen vom Platz. "Das war doch schon enger als viele andere Spiele", sagte Andreas nach der Partie. "In der Winterpause trainieren wir einmal pro Woche in der Halle und einmal draußen. Dann sollten wir in der Rückrunde besser abschneiden." Die Jungs nickten entschlossen. "Ach so - euer eigenes Training könnt ihr jetzt nicht mehr machen. Ihr dürft das Flutlicht nicht einschalten, das ist nur im regulären Training erlaubt", sagte Andreas zum Abschluss.

In der Winterpause gab es heftige Diskussionen zwischen den Vereinsvertretern von Audorf und Olting über die nicht so richtig funktionierende Spielgemeinschaft. Olting wollte mit allen Mitteln durchsetzen, dass die C-Jugend erhalten bleibt und dass Mehmet, Goran und Robin weiter für Olting spielten. Da dann aber die B-Jugend kurz vor der Auflösung gestanden hätte, weil die vier Oltinger Spieler nicht zum Weitermachen zu überreden waren, wurden die Audorfer schließlich freigegeben und die C-Jugend aufgelöst. Die vier jüngeren C-Jugendlichen von Audorf waren somit zu einer Pause verdammt. Sie hätten bei der B-Jugend mittrainieren dürfen, aber dort zu spielen hätte keinen Sinn gemacht. Also blieben sie zu Hause und warteten auf nächste Saison. Doch auch da würde es für eine C-Jugend in Auforf schlecht aussehen. "Das ist halt das Schicksal kleinerer Vereine. In der B-Jugend hören viele Jungs auf, weil sie andere Interessen haben, dann müssen C-Jugendliche nachrücken und spätestens nach der B-Jugend gibt es dann gar nichts mehr", fasste Andreas das Hauptproblem im Jugendfußball zusammen.

Die Mannschaft traf sich Anfang Februar an einem Montag im Vereinsheim. Bei den Trainingseinheiten war aufgefallen, dass sich einige Jungs körperlich positiv entwickelt hatten, andere negativ. Kai war zum Beispiel noch ein Stück gewachsen und schlaksiger und athletischer geworden, während Lukas nur zugenommen und dadurch an Schnelligkeit eingebüßt hatte. Das hatte gerade auf seiner Position negative Auswirkungen. "Ich bin meinen Gegenspielern so schon kaum hinterhergekommen und musste fast alles durch gutes Stellungsspiel lösen. Jetzt geht gar nichts mehr", klagte er. "Alois ist größer und schneller geworden, er könnte jetzt vielleicht Außenverteidiger spielen und du innen", schlug Felix vor. "Dann musst du aber deine Technik noch verbessern. Bei eigenem Ballbesitz könntest du dann vor zu mir schieben und mit mir zusammen das Spiel aufbauen. Mit Kai wären wir dann ein Dreieck, das das Spiel gestaltet. Mit der Achse Max - Lukas - Felix - Kai - Leon hätten wir eine gute Zentrale, die anderen würden um uns herum spielen", erläuterte Felix seine Idee. "Klingt gut, sollten wir im Freundschaftsspiel vor dem Rückrundenstart mal probieren", stimmte die Mehrheit der Jungs zu. "Brauchen wir Andreas überhaupt noch, wenn wir jetzt schon Aufstellung und Taktik selbst machen?", fragte Max etwas provokativ. "Wir brauchen einen Erwachsenen, der die Verantwortung und die Aufsicht übernimmt", erklärte Felix die Rechtslage. "Außerdem wissen wir alle, woher wir kommen und was wir ohne Andreas wären. Ich rede mal mit ihm über unseren Plan", schloss der Kapitän das Treffen.

Andreas ließ die Mannschaft gewähren. "Dann sagt mir mal, wie ihr spielen wollt. Vielleicht klappt es ja", sagte er vor dem Freundschaftsspiel gegen Neustadt. "Wir spielen mit Max im Tor, Goran, Lukas, Mehmet und Alois in der Abwehr, ich bin auf der Sechs, Michi Huber und Tom auf den Flügeln, Kai und Johannes offensives Mittelfeld und Leon im Sturm. Bei eigenem Ballbesitz schaltet sich Lukas ins Aufbauspiel mit ein und wir sind hinten zu dritt, bei gegnerischem Ballbesitz lässt Kai sich zu mir auf die Sechs zurückfallen", gab Felix die Aufstellung bekannt. Erwin, Martin, Robin und Michi Obermaier saßen zunächst draußen. Diesmal war Audorf von Beginn an in der Partie. Die Jungs hauten sich voll rein, wollten Andreas zeigen, dass ihr Plan aufging. Kai zog mit Felix die Fäden im Mittelfeld, der Ball kam immer wieder gut auf die Außen, doch die Flanken fanden keinen Abnehmer. Leon war alleine vorne im Sturm abgemeldet. "Michi für Johannes, vielleicht bekommt er mal einen Kopfball", forderte Felix eine offensivere Herangehensweise. Michi Obermaier war zwar auch kein Kopfballspezialist, aber mit zwei Stürmern konnte Audorf die Bälle besser vorne festmachen. Felix traf per Freistoß kurz vor der Pause zum 1:0, es musste also doch ein Standard herhalten. Hinten hatte die junge, aber aus der Vorsaison eingespielte Abwehr alles im Griff, auch der Tausch zwischen Lukas und Alois machte sich positiv bemerkbar. Nach der Pause drückte Neustadt dann stärker, das Audorfer Mittelfeld bekam Probleme. "Johannes für Leon, Michi ist der bessere Konterspieler", befahl Felix. Doch obwohl Kai ihm auf der Sechs half, wurde Neustadt immer überlegener und kam Mitte der 2.Halbzeit zum verdienten Ausgleich. Dabei blieb es dann auch in einer umkämpften Partie. "Da habe ich einige gute Eindrücke gewinnen können", war Andreas zufrieden mit der Leistung der Mannschaft. "Aber ab jetzt gebe ich wieder Aufstellung und Taktik vor", sagte er lächelnd.

Aus den ersten drei Rückrundenspielen holte Audorf vier Punkte, das waren drei mehr als in der Vorrunde. "Nächste Woche gegen Waldheim müssen wir gewinnen, das ist ein Nachbarschaftsduell in der Tabelle", forderte Andreas. Doch im Training am Donnerstag gab es einen herben Rückschlag für die Audorfer Ambitionen: Mitten im Training sackte Kai nach einem Sprint zu Boden und hielt sich den Oberschenkel. "Was ist los?", fragte Andreas besorgt. "Es hat plötzlich leicht geknallt und dann kam dieser stechende Schmerz", stöhnte Kai mit schmerzverzerrtem Gesicht. Andreas tastete Kais Oberschenkel vorsichtig ab. "Sieht nach Muskelfaserriss aus, dann könntest du zwei Wochen nicht spielen. Aber ich bin kein Arzt, du musst das untersuchen lassen", gab er eine erste Diagnose. Kai humpelte nach dem Training nach Hause, Lukas stützte ihn. Am nächsten Tag brachte Heike Kai zum Arzt, der bestätigte Andreas' Vermutung. "Du merkst schon von selbst, wann du wieder anfangen kannst, das Bein richtig zu belasten. Aber Sport ist für die nächsten beiden Wochen tabu", gab er Kai mit auf den Weg. "So ein Mist, ausgerechnet jetzt", fluchte Kai. "Ich hoffe, du hast aus deiner letzten Verletzung gelernt", mahnte Heike. Kai nickte.

Am Samstag fuhr Kai mit der Mannschaft nach Waldheim, um die Jungs moralisch zu unterstützen. Johannes spielte alleine auf der

Zehn, mit Michi Obermaier kam ein zweiter Stürmer ins Team. "Alles für Kicker Kai", rief Felix, als die Mannschaft aufs Feld lief. "Alles für Kai", antworteten alle anderen. Als wäre der Ausfall ihrer etatmäßigen Nummer Zehn eine Extraportion Motivation, stürzte sich Audorf in die Schlacht. Doch ein Stellungsfehler von Martin brachte einen Waldheimer Stürmer in gute Schussposition, der ließ sich nicht zweimal bitten und traf zum frühen 1:0. "Ruhig bleiben, wir haben noch viel Zeit", rief Andreas. Jetzt schaltete sich Lukas öfter in den Spielaufbau ein, Felix ging auch ein Stück nach vorne und Audorf bekam das Spiel in den Griff. Felix schickte Michi Obermaier steil, der legte auf Johannes ab und der traf zum Ausgleich. Sein erstes Tor für Audorf, er musste nach dem Spiel singen. Kurz vor der Pause drang ein Waldheimer Spieler in den Audorfer Strafraum ein und wurde von Erwin unglücklich umgerempelt. Den fälligen Elfmeter verwandelte Waldheim zum 2:1. "Wir haben schon einen Rückstand aufgeholt, das schaffen wir auch ein zweites Mal", motivierte Andreas die Jungs. Er brachte Goran für Erwin und Robin für Leon. Robin war zwar kleiner als Leon, aber dafür trickreicher.

Audorf übernahm nach dem Seitenwechsel direkt wieder das Kommando. Felix brachte eine Ecke hoch in den Strafraum, Michi Obermaier gewann das Kopfballduell, der Torwart konnte nur abklatschen und Lukas, der bei Standards mit aufrückte, staubte zum 2:2 ab. Er rannte sofort raus zu Kai und rief ihm "Für dich" zu. Kai lächelte leicht verlegen. In einer hektischen Schlussphase konnte sich Michi Huber auf dem rechten Flügel durchtanken, wurde nicht angegriffen und zog aus halbrechter Position einfach mal ab. Der Waldheimer Torwart war so überrascht, dass er sich den Ball ins eigene Tor boxte. Audorf hatte 3:2 gewonnen und Waldheim in der Tabelle überholt. "Ich falle für die nächsten beiden Spiele auch noch aus, jetzt fällt mir das leichter. Macht einfach so weiter", strahlte Kai mit den Jungs, die für ihn alles gegeben hatten, um die Wette.

Doch da spielten die Gegner nicht mit. Audorf war zweimal klar unterlegen, verlor 0:3 und 0:2, aber nach der Osterpause kamen noch schlagbare Gegner und jetzt war es lang genug hell, um montags wieder in Eigenregie trainieren zu können. In den Ferien trafen sich die Jungs so oft es ging und trainierten teilweise den ganzen Nachmittag. Alle waren hochmotiviert und für alle galt das Motto: Auch wenn es für diese Saison nicht mehr viel bringt, dann wollen wir auf jeden Fall auf die nächste Saison optimal vorbereitet sein. Immer wenn die Sprache auf die nächste Saison kam, schaute Lukas irgendwie abwesend. So, als hätte er damit überhaupt nichts zu tun. In einer Trinkpause nahm Felix ihn beiseite: "Wirkt das auf mich nur so, oder bist du vom Kopf her überhaupt nicht da, wenn wir über nächste Saison sprechen?", fragte er Lukas ganz direkt. Lukas zögerte. "Nein, das sieht nur so aus", sagte er dann. "Natürlich müsst ihr… äh… müssen wir gut auf nächste Saison vorbereitet sein." Mist - er hatte sich verplappert. "Also bist du nicht dabei?", schlussfolgerte Felix. Lukas senkte den Kopf. "Nein, bin ich nicht. Aber lass uns nach dem Training in einer ruhigen Ecke darüber sprechen. Kai darf es auf keinen Fall wissen", sagte er leise. Nach dem Training verschwanden Felix und Lukas in eine Ecke und redeten. Das heißt: Lukas redete, Felix hörte ihm zu. Am Ende klatschten sie sich ab und Lukas ging zu Kai, der schon auf ihn wartete. "Was hattet ihr denn Wichtiges zu besprechen?", fragte er neugierig. "Nichts, was du wissen müsstet", antwortete Lukas so cool es ging. Doch Kai gab sich damit nicht zufrieden. "Kommst du nach dem Abendessen nochmal zu mir? Ich habe auch was mit dir zu besprechen", bat er Lukas. Der nickte.

Eine Stunde später war Lukas in Kais Zimmer. "Was gibt's zu besprechen?", fragte er unschuldig. "Mir ist aufgefallen, dass du in letzter Zeit irgendwie komisch bist", begann Kai. "Immer wenn wir privat zusammen sind oder in der Schule bist du wie aufgedreht und auf dem Fußballplatz irgendwie ruhiger als sonst. Das muss doch einen Grund haben." Lukas schaute nach unten. Sollte er jetzt schon die Katze aus dem Sack lassen? Na ja, es hatte ja keinen Sinn, es noch länger zurückzuhalten. "Ich spiele nicht mehr lange für euch", sagte er leise. "Was? Wohin wechselst du?", fragte Kai geschockt. "Wir ziehen in den Sommerferien zurück nach Hause! Endlich wieder Köln, endlich wieder Rhein, endlich wieder Dom, endlich wieder Karneval, endlich wieder FC!", rief Lukas freudestrahlend. Kai wurde kreidebleich. "Aber du kannst mich doch nicht einfach alleine lassen", protestierte er. "Mein Vater ist mit seinem Projekt hier fertig und wir können wieder zurück", sagte er ruhig, aber auch mit etwas Wehmut in der Stimme. "Natürlich werde ich dich vermissen, ich werde die Mannschaft vermissen. Aber du weißt ja, was Köln für mich bedeutet. Du kommst auch ohne mich klar. Du bist schon jetzt ein wichtiger Spieler in der Mannschaft, du spielst auf der wichtigsten Position, du wirst deinen Weg gehen. Und wir bleiben auf jeden Fall in Kontakt", versuchte er, Kai zu trösten. Als er aber sah, wie Kai die Tränen in die Augen schossen, nahm er ihn in den Arm. Doch Kai stieß ihn sanft, aber bestimmt zurück. "Lass mich bitte alleine, Lukas. Ich muss das alles erstmal verarbeiten", sagte er traurig. "Na gut, dann gehe ich jetzt heim", sagte Lukas und ging.

"Na, hat er es dir gesagt?", fragte Heike, als sie in Kais Zimmer kam und ihren Sohn total niedergeschlagen auf dem Bett liegen sah. "Was?", fragte Kai noch völlig abwesend.

"Na, dass sie im Sommer nach Köln zurückgehen", sagte Heike. "Seit wann weißt du das?", fragte Kai völlig entgeistert. "Von Anfang an", gestand Heike. "Jürgen hat uns schon beim Kennenlernen gesagt, dass er hier ein zweijähriges Projekt leitet und dass sie dann wieder zurück nach Köln oder woanders hin ziehen", erklärte sie. "Als ich dann gesehen habe, was sich zwischen Lukas und dir entwickelt hat, war mir gar nicht gut bei dem Gedanken, dass du es irgendwann erfahren wirst. Heute ist also dieser Tag. Ich kann nachvollziehen, wie du dich gerade fühlst." Heike wollte Kais Hand nehmen, aber er zog sie weg. "Lass mich bitte alleine, ich muss das verarbeiten", sagte er genau das, was er Lukas auch gesagt hatte. Die ganze Nacht grübelte er. Im Endeffekt hatte Lukas Recht - er würde es irgendwie auch alleine schaffen. Irgendwann hätten sich ihre Wege sowieso getrennt. Und Freunde würden sie auf jeden Fall bleiben. Am nächsten Tag ging er zu Lukas. "Wie geht's dir?", fragte Lukas, als Kai in sein Zimmer kam. Kai nahm Lukas' Hände: "Lass uns das Beste aus den drei Monaten machen, die du noch hier wohnst", sagte er. "Auf jeden Fall", pflichtete Lukas ihm bei. Sie hielten ihre Hände lange fest und das unsichtbare Band zwischen den beiden wurde immer stärker.

"Wann genau zieht ihr denn um?", wollte Kai wissen, als die Familien Schmitz und Büchner im Garten zusammensaßen. "Gleich nach Ferienbeginn", antwortete Beate. "Hier gibt es ja immer sehr spät Ferien und Lukas soll wenigstens eine kurze Auszeit haben. Wir ziehen also gleich montags um, räumen dienstags das Haus in Köln ein und fahren mittwochs für zehn Tage nach Holland. Wir kommen samstags abends heim und am Montag geht in Köln die Schule los." "Fahren wir eigentlich auch mal wieder zusammen weg?", wollte Kai von seinen Eltern wissen. "Für das Zeltlager mit der Kirche bin ich zu alt und das Ferienprogramm mit dem Jugendzentrum ist auch nichts mehr für mich." "Ja, wir fahren zusammen weg. Ich schaue gerade, was noch frei ist", antwortete Jörg. Kai war fürs Erste zufrieden.

Am Donnerstag im Training kam es zu einem Zwischenfall, der einiges in der Mannschaft auslöste: Max sprang zu einem hohen Ball, prallte in der Luft mit Leon zusammen, verlor die Kontrolle über seinen Körper und knallte mit dem Kopf zuerst auf dem Boden auf. Er blieb benommen liegen und hielt sich den

Kopf. Andreas unterbrach das Training sofort und rief sicherheitshalber den Krankenwagen. Bei Kopfverletzungen darf man kein Risiko eingehen. Die Sanitäter untersuchten Max und diagnostizierten eine Gehirnerschütterung. Max musste zwar nicht mit ins Krankenhaus, aber die Sanitäter rieten ihm zu einer zweiwöchigen Pause. "Wenn du Schwindelgefühle hast, oder dir immer wieder schlecht wird, musst du ins Krankenhaus", sagten sie, bevor sie wegfuhren. Max wurde von seinen Eltern abgeholt und heimgefahren. "Jetzt haben wir das Problem", sagte Andreas. "Wer geht in den nächsten beiden Spielen ins Tor? Die letzten anderthalb Jahre hat Max kein Spiel verpasst, da mussten wir uns keine Gedanken machen." Die Jungs schauten sich an, keiner traute sich, diese wichtige Position zu übernehmen. "Ich versuche es mal", sagte Tom dann vorsichtig. "Aber macht mir keine Vorwürfe, wenn wir meinetwegen verlieren." "Auf keinen Fall - wir sind ein Team, wir halten zusammen", wischte Felix jeden Zweifel weg. Andreas ließ noch etwas Torschuss und Flanken üben, damit Tom ein Gefühl fürs Torwartspiel bekam. "Schauen wir mal, was am Samstag wird.

Tom fehlt ja jetzt auf dem linken Flügel, da muss ich auch einen Ersatz finden", sagte Andreas zum Abschluss des Trainings.

Am Samstag fuhr Audorf ersatzgeschwächt nach Hainbach. Außer dem verletzten Max fehlte auch Erwin, er sagte kurz vor dem Treffpunkt mit einer Erkältung ab. "Das wird heute nicht leicht, aber diese Saison geht ja eh nicht mehr viel", begann Andreas die Mannschaftsbesprechung. "Wir spielen heute mit Tom im Tor, Goran, Martin, Lukas und Alois in der Abwehr, Felix Sechser, Michi Huber und Johannes auf den Flügeln, Kai auf der Zehn und Leon und Michi Obermaier im Sturm. Mehmet und Robin sind auf der Bank", gab er die Aufstellung bekannt. "Ich spiele nicht auf dem Flügel", sagte Johannes bestimmt. "Lass Kai da spielen, mir ist das zu viel Lauferei." "Nein, ich brauche Kai im Zentrum", antwortete Andreas. "Wenn du nicht auf dem Flügel spielen willst, muss Michi das machen, Robin spielt zweite Spitze und du bleibst draußen." Damit war Johannes nicht einverstanden. "Kai und ich im Zentrum, die beiden Michis auf den Flügeln und Leon alleine im Sturm", wollte er das

Beste für sich herausholen. "Nein, noch mache ich die Aufstellung. Und wenn du nicht da spielen willst, wo ich dich hinstelle, bleibst du halt draußen", stellte Andreas die Machtverhältnisse klar.

Hainbach übernahm sofort die Spielkontrolle, Audorf verteidigte mit allem, was sie hatten. "Bloß keine Torabschlüsse zulassen", lautete die Devise. Trotzdem kam Hainbach nach zehn Minuten über den linken Flügel durch. Die Flanke segelte in den Audorfer Strafraum, Martin ging nicht zum Ball, weil er gewohnt war, dass Max aus dem Tor kam und die Flanke abfing. Doch Tom klebte auf der Linie, der Hainbacher Stürmer kam frei zum Kopfball und erzielte das 1:0. Fünf Minuten später gab es eine ähnliche Situation auf der linken Seite. Wieder kam die Flanke in den Strafraum, diesmal kam Tom raus, verschätzte sich aber und flog am Ball vorbei. Mit einem Reflex riss Lukas die Hand hoch, um zu verhindern, dass der Stürmer an den Ball kam. Klare Sache - Elfmeter. Aber welche Karte? Gelb, weil es ein einfaches Handspiel war, oder rot, weil Lukas eine hundertprozentige Torchance verhindert hatte? Der

Schiedsrichter überlegte lange. Da es bei einer Notbremse im Strafraum aber auch nur gelb geben durfte, um eine Doppelbestrafung zu verhindern, entschied er, Lukas leben zu lassen und gab ihm nur gelb. Der Elfmeter führte zum 2:0. "Nimm mich raus, ich mache nur Mist", bat Tom nach dem Gegentor. "Mach weiter, wer soll denn sonst ins Tor?", munterte Felix ihn auf. In der Halbzeitpause zog Tom die Handschuhe aus. "Ich mache das nicht mehr", sagte er. "Na gut, dann mache ich es halt, Ich habe schon gelb, kann nicht mehr richtig in die Zweikämpfe gehen, dann gehe ich ins Tor und spiele das Spiel zu Ende", erbarmte Lukas sich. "Mehmet für Tom in die Innenverteidigung und Johannes für Robin in den Sturm", stellte Andreas um. Lukas hatte in der 2.Halbzeit sichtlich Spaß im Tor und hielt fehlerfrei. Nach vorne ging nicht viel bei Audorf, sodass es beim 2:0 für Hainbach blieb. Jetzt war nur noch offen, wer nächste Woche gegen Schwarzbach im Tor stehen würde, Lukas wurde schließlich in der Abwehr gebraucht.

"Wir müssen so langsam auch mal in Richtung nächste Saison schauen", sagte Andreas im Dienstagstraining. "Lukas zieht weg, ob Stefan zurückkommt, ist offen. Wir brauchen auf jeden Fall einen zweiten Torwart, einen oder zwei Außenverteidiger, einen Innenverteidiger und einen Flügelspieler. Hört euch bitte mal um. Nächste Saison wollen wir wieder oben in der Tabelle mitspielen." Die Jungs nickten. "Was ist mit den Oltingern und unseren C-Jugendspielern?", fragte Leon. "Ich kann sie fragen, habe aber wenig Hoffnung", kündigte Andreas an. "Aber jetzt erstmal für nächsten Samstag - wer geht ins Tor?", fragte er. "Ich mache das nochmal", gab Lukas sofort grünes Licht. "Wir haben Mehmet und Martin für die Innenverteidigung und Alois kann das ja auch, dann müsste Tom notfalls links hinten spielen. Michi hat das im Mittelfeld doch gut gemacht", fasste Kai seine Eindrücke vom letzten Spiel zusammen. "Oh, Coach Kai", lächelte Felix. Kai lächelte gequält zurück. "Das passt mir zwar nicht so wirklich, aber dann machen wir es so", stimmte Andreas zu.

"Kai verkündet heute die Aufstellung", sagte Andreas am Samstag in der Kabine zur Überraschung aller. "Ist Kai jetzt der neue Trainer oder Kapitän?", fragte Felix ungläubig. "Weder, noch", beruhigte Andreas ihn. "Aber er hat gute Ideen, ich lasse ihn mal machen." Kai wurde rot, ergriff aber dann das Wort. "Also, Lukas spielt im Tor, Goran rechts hinten." Jetzt überlegte er etwas länger. "Sorry Mehmet, aber ich denke, mit Martin und Alois in der Innenverteidigung stehen wir am besten." Mehmet nickte. "Kein Problem, ich bin C-Jugendspieler, ich helfe hier nur aus", sagte er. "Dann Tom hinten links, Felix und ich auf der Sechs, die beiden Michis auf den Flügeln, Johannes Zehner und Leon im Sturm. Erwin, Mehmet und Robin auf der Bank." Kai atmete tief durch. "Wir beide zusammen auf der Sechs?", fragte Felix erstaunt. "Ja, ich will mehr Kontrolle haben und das schaffe ich nur, wenn ich weiter hinten spiele. Außerdem machen wir so die Räume enger", erklärte Kai seine Strategie. "Alles klar, dann bitte Umsetzung", gab Andreas den Jungs mit auf den Weg. Schwarzbach bestimmte in der 1.Halbzeit das Spiel, doch Audorf stand hinten gut, verteidigte konzentriert und machte die Räume geschickt eng. Lukas hatte nichts zu halten, Kais Taktik ging auf. Mit 0:0 ging es in die Pause. "Wir haben sie defensiv noch gar nicht gefordert, das müssen wir ändern. Ich schalte mich jetzt mehr nach vorne ein und in einer Viertelstunde bringen wir einen zweiten Stürmer", sagte Kai, bevor Andreas seine Analyse gestartet hatte. Als ihm des bewusst wurde, schaute er Andreas schuldbewusst an. "Mach weiter, was planst du?", fragte Andreas. "Nein nein, ich bin weder Trainer, noch Kapitän", wiegelte Kai ab. Felix zog seine Kapitänsbinde aus und streifte sie Kai über. "Kapitän bist du jetzt, also mach weiter. Was hast du vor?", fragte er. Kai wollte die Binde eigentlich nicht, behielt sie aber an. "Dann kommt Mehmet für Johannes und geht hinten rein, Alois nach außen, Tom und Michi Obermaier eins vor, ich spiele auf der Zehn. Aber erstmal machen wir so weiter", bestimmte Kai. Der Schiedsrichter bat beide Mannschaften wieder auf den Platz und das Spiel ging weiter. Audorf kam jetzt besser in Offensivaktionen und hatte erste Torchancen, aber hinten passte es nicht mehr so ganz und auch Lukas bekam den einen oder anderen Ball zu halten. "Spielen wir auf 0:0 oder auf Sieg?", fragte Kai nach draußen. "Wir versuchen immer, zu gewinnen", rief Andreas und wechselte wie Kai in der Halbzeit angekündigt hatte. Außerdem brachte er Robin für Leon und Erwin für Goran, damit alle Spielpraxis bekamen. Das Spiel ging ausgeglichen weiter, Tore fielen aber nicht. "Immerhin ein Punkt, das Hinspiel hatten wir 0:3 verloren", resümierte Andreas nach der Partie.

“Meinst du, dass Felix jetzt sauer auf mich ist?”, fragte Kai Lukas auf dem Heimweg. “Warum? Er hat dir die Binde übergestreift und hat nicht den Eindruck gemacht, dass ihm irgendwas nicht passt”, antwortete Lukas. “Ja, aber vor dem Spiel war er sauer”, wendete Kai ein. “Mensch Kai”, wurde Lukas energisch, “denk nicht immer nur an die Anderen. Du hast es geschafft, du bist die Nummer Eins, du gibst die Kommandos, Andreas vertraut dir. Ich bin richtig stolz auf dich!” Kai wusste nicht, wie ihm geschah. So viel Ehre hatte er doch gar nicht verdient. “Ich spreche am Dienstag mit Felix”, kündigte er an. Vor dem Training bat er Felix zu sich. “Tut mir leid, dass ich am Samstag einfach so das Kommando an mich gerissen habe. Und dass ich die Aufstellung machen sollte, war Andreas’ Idee”, sagte er entschuldigend. “Alles klar, Kai”, entgegnete Felix und klopfte ihm auf die Schulter. “Weißt du - ich bin seit der E-Jugend Kapitän dieser Mannschaft und wollte dieses Amt schon vor der Saison abgeben. Ich bin der Meinung, dass immer mal ein anderer Spieler das Sagen haben sollte. Aber er muss es sich auch verdienen. Da hatte ich vor der Saison niemanden gesehen, Leon wollte lieber mein Stellvertreter bleiben. Aber jetzt habe ich jemanden gefunden, der mich ablösen kann, der die Kapitänsbinde verdient hat und der die Mannschaft führen und Verantwortung übernehmen kann. Ich habe am Samstag gesehen, dass dir das Team wichtiger ist als du selbst, dass du dich auch in deiner Position ein- und unterordnen kannst. Von daher bin ich stolz, die Kapitänsbinde an dich weitergeben zu können und spiele gerne neben dir auf der Sechs oder hinter dir, wenn du auf die Zehn gehst." Kai spürte einen leichten Kloß im Hals. Felix klopfte ihm auf die Schulter: "Du machst das schon. Und wenn mal was ist - ich bin bei dir." Dann rief er die Mannschaft zusammen: "Jungs, ich muss euch was mitteilen: Ich habe lange nach einem würdigen Nachfolger für mich als Kapitän gesucht, jetzt habe ich ihn gefunden. Kai wird ab sofort die Kapitänsbinde tragen. Bitte unterstützt ihn genau so, wie ihr mich unterstützt habt. Kai hat in den letzten Wochen gezeigt, dass er Verantwortung übernehmen und die Mannschaft führen kann. Ich übergebe den Staffelstab an Kicker Kai, der nun auch Kapitän Kai ist", sagte er feierlich. Alle Jungs und Andreas applaudierten, wünschten Kai viel Glück und sagten ihm ihre Unterstützung zu. Zu Hause angekommen erzählte Kai seinen Eltern sofort, dass er jetzt Kapitän der B-Jugend war. Jörg war mächtig stolz. "Ich habe ja die meisten Spiele gesehen. Du hast dich immer weiter verbessert und mit der Zeit immer mehr Verantwortung übernommen. Dass es so schnell geht, hätte ich nicht gedacht. Aber dass es irgendwann passieren könnte, habe ich schon für möglich gehalten. Jetzt mach deine Sache gut und sei ein Vorbild für deine Kameraden", lobte er Kai. Heike war erstaunt: "Das hätte ich nie für möglich gehalten - mein Kai Kapitän einer Fußballmannschaft", sagte sie, wobei sie das Wort "Fußball" immer noch verächtlich aussprach.

Audorf spielte eine gute Rückrunde und holte unerwartet viele Punkte. Das Montagstraining, für das weiterhin Felix zuständig war, zeigte Wirkung, der Teamgeist der vergangenen Saison war zurück, die Jungs wollten an die Erfolge der Vorsaison anknüpfen. Am letzten Spieltag gegen Vorderlinden hatte Lukas sein Abschiedsspiel. Kai gab ihm die Kapitänsbinde, das hätten Andreas und Felix sicher auch gemacht. Lukas bedankte sich bei allen für die schönen zwei Jahre und hoffte auf ein Erfolgserlebnis zum Abschluss. Doch da hatte Vorderlinden etwas dagegen. Früh stand es 0:1, Mitte der 1.Halbzeit fiel das 0:2. Jetzt half alles Defensivverhalten nicht mehr, es musste auf Teufel komm raus gestürmt werden. Und Vorderlinden war sichtlich überrascht über die plötzlich früh angreifenden Audorfer. Kai eroberte im Pressing einen Ball Mitte der gegnerischen Hälfte und steckte direkt zu Leon durch. Der behielt frei vor dem Torwart die Nerven und verkürzte auf 1:2. "Weiter so, da geht noch was", feuerte Kai seine Mitspieler an. Eine schöne Kombination von hinten heraus brachte Tom in Schussposition, doch der Torwart von Vorderlinden rettete zur Ecke. Die brachte Felix scharf nach innen, Michi Obermaier verlängerte den Ball, Leon schoss und ein Verteidiger rettete mit der Hand kurz vor der Linie - Rote Karte und Elfmeter. Felix nahm sich den Ball, überlegte kurz und rief dann Lukas zu sich. Die beiden sprachen sich ab und letztlich trat Lukas zum Strafstoß an. Er verzögerte den Anlauf, der Torwart sprang nach rechts und Lukas verwandelte flach links zum 2:2. Zehn Minuten vor Schluss wechselte Andreas Lukas aus, er bekam von allen Mitspielern und Eltern den verdienten Applaus. Drei Minuten später spielte Felix mit einem langen Pass aus der Defensive Michi Obermaier frei. Der lief Richtung Tor und zog ab, doch der Keeper parierte. Ein Sieg nach 0:2-Rückstand wäre zu schön gewesen. Aber auch mit diesem einen Punkt hatte Audorf einen versöhnlichen Saisonabschluss. "Jetzt haben wir noch sechs Wochen bis zu den Sommerferien. Wir trainieren weiter und sehen, welche Verstärkungen wir noch an Land ziehen können", sagte Andreas nach dem Spiel.

Andreas bat alle Audorfer und Oltinger zum Training, es war also eine sehr große Gruppe. Lukas trainierte auch noch mit, zu viel Spaß hatten ihm die beiden Jahre mit dem Team gemacht. Stefan schaute einmal kurz vorbei, aber nur, um sein Karriereende zu verkünden. Er hatte keine Lust mehr auf Fußball. In zwei Freundschaftsspielen hatte Andreas viele Möglichkeiten zu experimentieren. "Wir müssen mit 17 oder 18 Mann in die Saison gehen. Der Eine oder Andere hört bestimmt im

Laufe der Saison auf", plante er vorsorglich großzügig.

Kai und Lukas verbrachten so viel Zeit wie möglich miteinander. Als die letzte Schulwoche angebrochen war, fragte Kai seine Eltern, wohin es denn nun im Urlaub gehen würde. Jörg und Heike sahen sich kurz zögernd an, dann nickte Jörg seiner Frau zu. "Am Wochenende packen wir die Koffer, am Montag helfen wir Schmitzens, die Möbel in den Möbelwagen zu laden. Am Dienstag fahren wir nach Holland. Wir haben im gleichen Ort noch eine Ferienwohnung gefunden, wo auch Lukas und seine Eltern immer sind", erklärte Heike. Kai konnte seine Freude nicht zurückhalten und fiel seiner Mutter um den Hals. Heike war völlig perplex - das hatte Kai schon seit Jahren nicht mehr gemacht. "Das ist der schönste Urlaub, den ihr planen konntet", jubelte er. "Weiß Lukas schon Bescheid?" "Da er es dir noch nicht erzählt hat, wird er es noch nicht wissen. Ich frage Beate mal", sagte Heike und schrieb Beate eine WhatsApp. Eine halbe Stunde später kam Lukas freudestrahlend angerannt. "Wie cool ist das denn?", fragte er Kai. "Wir fahren zusammen nach Holland!" "Ja, echt voll cool. Das wird ein toller Urlaub", strahlte Kai und sie umarmten sich.

So machten sie es dann auch. Die beiden Familien verbrachten einen entspannten Urlaub in Holland zusammen, doch dann kam der Moment, an dem sich Lukas und Kai voneinander verabschieden mussten. Sie versuchten beide, so cool wie möglich zu bleiben - sie waren schließlich fast 15 Jahre alt und keine kleinen Kinder mehr - aber die eine oder andere Träne floss dann doch. "Wir bleiben auf jeden Fall in Kontakt, das ist ja über Internet und Handy kein Problem", waren sie sich einig. Dann fuhr Familie Schmitz nach Köln und Familie Büchner nach Audorf.

Zum Start der Saisonvorbereitung berichtete Andreas den anwesenden Spielern über seine Bemühungen, ausreichend Spieler für die anstehende Saison zu akquirieren: "Mir ist es gelungen, 20 Mann zusammenzubekommen, die in die Saison starten"; sagte er. "Das klingt viel, aber erfahrungsgemäß werden einige von euch im Laufe der Saison aufhören. Ich hoffe, dass ich 14 Mann durchbekomme. Die letzte Saison konnten wir nur überstehen, weil fünf C-Jugendspieler ausgeholfen haben. Wir haben jetzt folgenden Kader zusammen: Max und Hansi fürs Tor, Goran, Erwin, Alois und Berti in der Außenverteidigung, Mehmet, Frank und Martin in der Innenverteidigung, Felix, Sebastian, Kai, Johannes und Marlon im zentralen Mittelfeld, wobei Marlon als C-Jugendlicher kaum spielen wird, Michi Huber, Tom und Kevin auf den Flügeln und Leon, Michi Obermaier und Robin im Sturm. Hier könnte Johannes vielleicht aushelfen, dann wäre für Marlon mehr Spielpraxis im Mittelfeld möglich", erläuterte Andreas. "Unser Saisonziel ist ein Platz unter den ersten Drei, aber dafür müssen wir hart trainieren und in den Spielen alle zusammenhalten", gab er die Parole aus. Felix und Leon gaben ihre Ämter als Kapitäne ab, Kai und Alois wurden als ihre Nachfolger auserkoren. Nach ein paar harten Konditionseinheiten stand das Freundschaftsspiel gegen Burgneudorf an. Jetzt würde sich für einige Spieler zeigen, wohin die Reise gehen würde.

"Wir starten mit Max im Tor, Goran, Martin, Mehmet und Alois in der Abwehr, Felix auf der Sechs, Michi Huber und Tom auf den Flügeln, Kai auf der Zehn und Michi Obermaier und Leon im Sturm", gab Andreas wenig überraschend bekannt. Das war im Prinzip die Aufstellung der vorletzten Saison, nur ohne Stefan und Lukas. "Wenn Goran jetzt immer spielt und ich nur noch auf der Bank sitze, höre ich auf", maulte Erwin. "Ich habe auch keine richtige Chance, Kai spielt sowieso immer", pflichtete Johannes ihm bei. Die ersten Reibungspunkte gab es also schon vor Saisonbeginn. "Wir werden jeden brauchen, die Saison ist lang", versuchten Felix und Kai, die Gemüter zu beruhigen. Das Spiel verlief wenig spektakulär, beide Trainer wechselten kräftig durch, es kam wenig Spielfluss zustande. Nach einem schönen Spielzug über Felix und Tom erzielte Leon das 1:0, in der

2.Halbzeit flankte der eingewechselte Kevin auf den ebenfalls eingewechselten Robin, der per Kopf das 2:0 markierte. Burgneudorf konnte kurz vor Schluss auf 2:1 verkürzen, als Hansi einen harmlosen Distanzschuss nicht festhalten konnte und der Stürmer abstaubte. "So viel konnte ich jetzt nicht aus diesem Spiel mitnehmen. Nächste Woche geht es richtig los, dann muss ich meine Erkenntnisse halt aus den Punktspielen ziehen", resümierte Andreas nach dem Spiel.

Im Training am Donnerstag suchte Kai das Gespräch mit Andreas. "Warum spielen wir eigentlich mit zwei Stürmern?", fragte er seinen Trainer. "Wir wollen Dominanz ausstrahlen und die gegnerische Abwehr beschäftigen", begründete Andreas seine Taktik. "Mir wäre es lieber, wenn wir mit fünf Mittelfeldspielern und nur mit einem Stürmer spielen würden", machte Kai seine Sicht der Dinge klar. "Und wer soll dann spielen?", fragte Andreas neugierig. "Ganz ehrlich - ich sehe Tom im Moment nicht so stark. Wenn Felix auf der Sechs spielt und ich davor, dann die beiden Michis außen und Johannes zentral und nur

Leon im Sturm, könnten wir entweder Flanken bringen, oder in den Rückraum ablegen. Johannes ist groß, ich bin schnell, das könnte doch klappen", schlug er vor. "Können wir mal probieren", stimmte Andreas zu. "Und lass Erwin mal hinten rechts anfangen. Wir können uns nicht erlauben, dass er gleich aufhört", ergänzte Kai. Andreas nickte zustimmend.

"Wir werden heute mal eine andere Taktik ausprobieren", sagte Andreas vor dem Spiel in Illerting. "Wir starten mit Max im Tor, Erwin, Mehmet, Martin und Alois in der Abwehr, Felix auf der Sechs, Michi Huber, Kai und Michi Obermaier davor, Johannes als hängende Spitze und Leon als einzigem Stürmer. Hansi, Goran, Frank, Sebastian und Robin auf der Bank." "War das deine Idee?", fragte Felix Kai. "Nicht ganz, aber im Prinzip schon", antwortete Kai. Felix hielt den Daumen hoch. "So stehen wir besser gestaffelt", gab er Kai Recht. Das Spiel lief ganz nach dem Geschmack der Audorfer: Schon nach fünf Minuten brach Michi Obermaier auf dem linken Flügel durch, legte auf Johannes ab, der täuschte den Schuss an, legte aber quer zu

Kai, der flach ins rechte Eck vollstreckte. Nur drei Minuten später spielte Kai den Ball raus zu Michi Huber, dessen Flanke verwertete Johannes per Kopf zum 2:0. Noch vor der Pause brachte Felix einen Freistoß von halbrechts in den Strafraum, Michi Obermaier köpfte, der Torwart klatschte ab und Leon traf zum 3:0. "Tolle 1.Halbzeit, Männer ", lobte Andreas und brachte Frank für Mehmet und Sebastian für Felix, um ihnen Spielpraxis zu geben. Kai ließ sich jetzt etwas tiefer fallen, um Sebastian defensiv zu unterstützen. Illerting kam aber nur selten über die Mittellinie, zu dominant spielte Audorf. Einen schönen Flachpass von Michi Huber verwandelte Leon zum 4:0, dann durfte Robin für ihn spielen. Die letzten 20 Minuten stand Hansi im Tor, hatte aber genau so wenig zu halten wie Max vorher. Per Elfmeter erzielte Kai noch das 5:0, der Saisonauftakt war in vollem Maße geglückt.

Nach einem 3:1 gegen Buchbach und einem 2:2 in Vorderlinden kam es am ersten Samstag in den Herbstferien zum Pokalspiel gegen Burgneudorf. Als Kai seine Sportasche packte, kam Heike in sein Zimmer. "Pack auch gleich noch deinen Koffer, du fährst morgen weg", beauftragte sie ihn. "Was? Morgen? Wo fahren wir denn hin?", fragte Kai völlig verdutzt. "Du fährst, Papa und ich bleiben hier", antwortete Heike geheimnisvoll. "Und wohin fahre ich alleine?", fragte Kai nach. "Das ist eine Überraschung, ich sage es dir, wenn du vom Fußballspiel zurück bist", sagte Heike. "Nein. Wenn du es mir jetzt nicht sagst, kann ich mich nicht aufs Spiel konzentrieren. Und das Pokalspiel heute ist wichtig", bestand Kai auf sofortige Aufklärung. "Na gut", gab Heike klein bei, "du fährst zu Lukas nach Köln. Er hat nächste Woche Geburtstag und hat sich gewünscht, dass du mit ihm feierst", lüftete Heike das Geheimnis. Kai war außer sich vor Freude. "Das ist ja voll cool! Ich fahre nach Köln und feiere mit Lukas Geburtstag! Das ist eine ganz tolle Überraschung!", strahlte er. "Aber meinen Koffer packe ich erst später, ich muss gleich los." Kai packte seine Sportsachen zusammen und lief freudig erregt zum Fußballplatz. "Heute ist ein Pokalspiel. Das ist zwar wichtig, aber auch immer eine Möglichkeit für mich, mal was auszuprobieren", sagte Andreas in der Teambesprechung. "Wir starten heute mit Hansi im Tor, Goran, Frank, Alois und Berti in der Abwehr, Felix auf der Sechs, Kevin und Tom auf den Flügeln, Kai auf der Zehn und Leon und Robin im Sturm. Max, Erwin, Martin, Sebastian und Michi Obermaier sitzen auf der Bank." Es wurde also rotiert, um dem einen oder anderen Ersatzspieler Einsatzzeit zu geben. Am Anfang machte Burgneudorf das Spiel, schaffte es aber nicht, sich zwingende Torchancen zu erarbeiten. Kai spielte keinen klaren Zehner, sondern blieb etwas defensiver - so wie es ihm lieber war, um mehr Kontrolle zu haben. Die bekam Audorf dann nach und nach auch. Kurz vor der Pause hätte Felix fast das 1:0 erzielt, doch sein Distanzschuss klatschte an den Pfosten. In der 2.Halbzeit kam Michi Obermaier für Robin ins Spiel und hatte gleich eine Riesenchance, doch er schoss aus kurzer Distanz den Torwart an. Jetzt drückte Burgneudorf wieder aufs erste Tor, doch Hansi zeigte mehrmals, dass auch er kein schlechter Torwart ist und hielt seinen Kasten sauber. Als alles auf die Verlängerung hindeutete, setzte sich Kevin mal auf rechts durch und flankte in die Mitte. Michis Kopfball wurde abgeblockt, doch Burgneudorf konnte die Situation nicht vollständig klären. Kai eroberte den Ball und legte zu Felix ab, dessen Schuss von der Strafraumgrenze unhaltbar im linken Eck einschlug. Audorf stand damit im Achtelfinale. Nach dem Spiel unterhielt sich Andreas angeregt mit einem Mann, der keinem der Spieler bekannt war. "Mit wem hast du dich denn da unterhalten?", fragte Felix, als Andreas in die Kabine kam. "Das war Josef Unterhuber, der Trainer der Verbandsauswahl", erklärte Andreas und drückte Kai einen Zettel in die Hand. "Herzlichen Glückwunsch Kai, du bist zum Auswahltraining eingeladen", sagte er. Kai war total überrascht: "Das kann doch nicht sein, ich in der Verbandsauswahl", stammelte er. "Du bist ja noch nicht drin. Das ist die Einladung zum Sichtungstraining. Es ist nächsten Mittwoch", sagte Andreas. "Geht nicht, da bin ich nicht da", warf Kai ein. "Ich fahre morgen zu Lukas nach Köln und bleibe eine Woche dort", begründete er seine Unpässlichkeit. "Ich kläre das. Es gibt übernächste Woche noch ein Sichtungstraining. Vielleicht kannst du daran teilnehmen", machte Andreas ihm Hoffnung. "Schöne Grüße an Lukas, ich melde mich bei dir." Dann verabschiedete Kai sich und ging nach Hause Koffer packen.

Am nächsten Morgen fuhr Heike Kai zum Bahnhof und gab ihm seine Fahrkarte. "Vergiss nicht, in Frankfurt umzusteigen, sonst landest du in Hamburg", erinnerte sie Kai. "Das werde ich schon schaffen", grinste Kai und stieg in den Zug. Pünktlich (!) kam er in Köln an, wo Lukas ihn am Hauptbahnhof in Empfang nahm. Die beiden freuten sich, sich wiederzusehen. Lukas wollte direkt zur U-Bahn, doch Kai drängte es nach draußen auf die Domplatte. "Das ist also der Kölner Dom", staunte er nicht schlecht. "Etwas höher als unsere Kirche in Audorf", lachte er. "Da gehen wir mal hoch, man kann fast bis ganz auf die Turmspitze gehen, gut 500 Stufen - Konditionstraining", kündigte Lukas an. "Klar, machen wir", freute Kai sich. Dann fuhren sie nach Poll, wo Lukas wieder wohnte. “Ich habe in den nächsten Tagen einiges mit dir vor”, eröffnete Lukas seinem Freund. “Ich werde dir die ganze Stadt zeigen und alles, was Köln ausmacht.” “Und ich habe euch Karten fürs FC-Spiel am Samstag besorgt”, lächelte Heike. “Das ist ja cool, dann lernst du auch das Stadion kennen. Die Atmosphäre wird dich umhauen”, kündigte Lukas an. In den nächsten Tagen waren die beiden viel unterwegs, Köln hat schließlich einiges zu bieten. Sie waren auf dem Domturm und genossen die Aussicht über die Stadt, sie gingen durch die Altstadt, fuhren über den Rhein nach Deutz und erfreuten sich am Anblick der Hohenzollernbrücke, des Domes und des Restes der Stadtsilhouette. Dann gingen sie ins Odysseum und in den Zoo, wo sie Geißbock Hennes besuchten und fuhren zum Geißbockheim um Kai einen ersten Eindruck vom FC zu verschaffen. Kai war von der Größe der Stadt und dem Lebensgefühl der Menschen überwältigt. “So langsam kann ich verstehen, warum du unbedingt hierher zurück wolltest”, sagte er zu Lukas. Die Geburtstagsfeier fand in einem Kino statt, es waren noch ein paar Freunde von Lukas dabei,

sie sahen sich einen Film an und gingen anschließend noch in Lukas Podolskis Dönerladen zum Essen. "Lukas isst bei Lukas", lachte Kai. Er verstand sich auf Anhieb mit den anderen Jungs, nur der kölsche Dialekt war ihm völlig fremd. "Und wo spielst du jetzt Fußball?", fragte er Lukas, als sie wieder zu Hause waren. "Du hast mir gar nichts davon geschrieben." "Ich spiele auch nicht mehr", gestand Lukas traurig. "Mein alter Verein hat keine B-Jugend und bei den Vereinen in der Nähe habe ich mal mittrainiert, aber es hat mir nirgendwo gefallen." "Ich hätte diese Woche bei der Verbandsauswahl trainieren sollen", berichtete Kai stolz, "aber ich bin hier und kann nicht mitmachen. Nächste Woche ist noch ein Training, da bin ich dabei."
"Wow, super Kai, freut mich", antwortete Lukas. "Ich soll dich natürlich auch von Andreas und den anderen Jungs grüßen", fiel Kai gerade noch ein. "Die Glückwünsche hast du ja in der WhatsApp-Gruppe bekommen." Lukas nickte. "Grüß alle zurück, ich vermisse euch schon etwas. Aber hier ist es schöner", ließ er keine richtige Sehnsucht aufkommen.

Am Samstag fuhren Kai und Lukas mit der Straßenbahn zum RheinEnergie Stadion. "Wow, ist das groß", staunte Kai nicht schlecht. "Und die Leuchttürme - voll cool!" "Das sind die Flutlichtpylonen", erklärte Lukas, "die leuchten nachher rot und weiß." Sie gingen auf ihre Plätze. Das Vorprogramm fesselte Kai: Die FC-Cheerleader tanzten, der Mann mit dem Hütchen und der Gitarre sang kölsche Lieder vor der Südkurve, Geißbock Hennes wurde ins Stadion geführt, der Stadionsprecher begrüßte die Zuschauer in der "schönsten Stadt Deutschlands" und las die Aufstellung vor. Dann erhoben sich alle von ihren Plätzen für die FC-Hymne. Kai bekam den Mund nicht mehr zu, knapp 50.000 Leute sangen, er hatte Gänsehaut am ganzen Körper. Dann kamen die Mannschaften auf den Platz und das Spiel begann. "Die schönste Stadt Deutschlands, das schönste Stadion Deutschlands, die besten Fans Deutschlands, die schönste Hymne Deutschlands - gibt es eigentlich irgendwas, was ihr Kölner an eurer Stadt und eurem Verein nicht schön findet?", fragte Kai in die allgemeine Euphorie. "Ja - 2.Liga", lachte Lukas, "aber nicht mehr lange.

Wir steigen wieder auf." Das Spiel riss niemanden wirklich von den Sitzen, es war ein für die 2.Liga typisches Kampfspiel, das der FC gegen den Aufsteiger aus Sandhausen knapp mit 1:0 gewann - ein Arbeitssieg eben, drei Punkte eingefahren und nach zuletzt zwei Niederlagen wieder Tuchfühlung zu den Aufstiegsplätzen aufgenommen. Kai und Lukas gingen noch in den Fanshop unter der Nordtribüne, wo Kai sich eine Kappe und einen Schal kaufte - er war jetzt auch FC-Fan. Am nächsten Tag war Kais Aufenthalt in Köln schon wieder vorbei und er trat schweren Herzens die Heimreise an. "Wann sehen wir uns wieder?", fragte er Lukas am Bahnhof. "Das werden unsere Mütter schon ausklügeln", grinste Lukas. "Vielleicht in den Osterferien", mutmaßte er. Dann stieg Kai in den Zug und fuhr nach Hause.

“Und, wie war es bei Lukas?”, wollten die Jungs am Dienstag im Training wissen. “Ganz toll, Köln ist eine großartige Stadt. Lukas hat mir alles gezeigt. Und wir waren am Samstag im Stadion beim FC-Spiel. Sowas habt ihr noch nicht erlebt”, berichtete Kai euphorisch. “Und wo spielt Lukas jetzt?”, fragte Leon. “Gar nicht mehr, er macht jetzt Ninja-Sport und Parkour”, antwortete Kai. Im Training fiel auf, dass Johannes und Erwin ziemlich lustlos waren. Kai ging zu Marlon: “Häng dich richtig rein”, empfahl er ihm, “du siehst, dass Johannes keine Lust hat. Das ist deine Chance. Am Samstag kannst du spielen, wenn du jetzt alles gibst!” “Aber ich hatte doch bisher noch überhaupt keine Chance”, sagte Marlon leicht resigniert. “Die bekommst du, ich kenne Andreas, der schaut sich sowas nicht lange an”, ermunterte Kai ihn. Am nächsten Tag führ Jörg Kai zum Sichtungstraining der Verbandsauswahl. “Heute ist das erste Sichtungstraining”, begrüßte Josef Unterhuber die Jungs. “Letzte Woche waren 30 Spieler hier, heute nochmal 30. Insgesamt 40 schaffen es ins zweite Training, 25 ins dritte und mit 18 fahren wir im Sommer zum großen Turnier nach Duisburg”, erklärte er das

Prozedere. Dann wurde trainiert. Erst Sprints, dann Technik und Spielverständnis, anschließend Koordination und am Ende gab es ein Turnier mit drei Zehnerteams. Kai war richtig platt nach der zweistündigen Einheit. "Ich melde mich nächste Woche bei allen, die es in die nächste Runde geschafft haben", verabschiedete Josef die Jungs nach dem Training.

Am Samstag war das Punktspiel gegen Neustadt. Wie Kai schon vermutet hatte, waren Erwin und Johannes nicht im Kader, Marlon war zum ersten Mal dabei. "Wir starten mit Max im Tor, Goran, Mehmet, Martin und Alois in der Abwehr, Felix auf der Sechs, die beiden Michis und Kai davor, Marlon hängende Spitze und Leon im Sturm. Hansi, Frank, Sebastian, Tom und Robin auf der Bank", gab er die Aufstellung bekannt. "Erst überhaupt nicht im Kader, dann gleich in der Startelf", strahlte Marlon. Habe ich dir doch gesagt", meinte Kai. Tom war unzufrieden: "Bin ich jetzt nur noch gut genug für die Bank oder die Tribüne?", motzte er. "Die Trainingsleistung zählt. Jeder hat in jedem Spiel eine Chance, wenn er vernünftig trainiert", antwortete Andreas lapidar. Das Spiel verlief ziemlich ausgeglichen und plätscherte lange vor sich hin. Marlon traute sich noch nicht so richtig, den Ball zu fordern und Offensivaktionen zu zeigen. Deshalb schaltete sich Kai mehr nach vorne ein, Felix sicherte ihn ab. Kurz vor der Halbzeit spielte Kai einen Doppelpass mit Marlon und zeigte ihm an, dass er in die Spitze durchstarten solle. Marlon lief los, aber nicht mit voller Überzeugung, Kais Pass in die Spitze trudelte ins Toraus. Das war Marlons letzte Aktion, zur Pause wurde er ausgewechselt. Kai ging jetzt auf die Zehn und mit Robin kam ein zweiter Stürmer ins Spiel. Jetzt war Audorf spielbestimmend und ging folgerichtig Mitte der 2.Halbzeit durch einen trockenen Flachschuss von Leon auf Pass von Michi Huber in Führung. Andreas wechselte Tom für Michi Obermaier ein. "Na dann zeig mir mal, dass du besser bist als Bank oder Tribüne", gab er ihm mit auf den Weg. Doch Tom war verkrampft, wollte es mit aller Macht erzwingen. Als er wieder einmal mit dem Kopf durch die Wand wollte, verlor er den Ball, der Neustädter Spieler lief Richtung Audorfer Tor, dribbelte sich an Alois vorbei, passte ins Zentrum, wo der Mittelstürmer sich geschickt von Mehmet löste und zum Ausgleich traf. Dabei blieb es, den Sieg hatte letztlich keine Mannschaft verdient.

In der folgenden Woche war Johannes nicht im Training. Er gab ganz ehrlich Motivationsprobleme als Grund an. Erwin trainierte wieder ziemlich lustlos und Tom wirkte auch alles andere als glücklich. “Lasst den Kopf nicht hängen, wenn ihr mal nur auf der Bank sitzt, oder gar nicht spielt”, versuchte Andreas die beiden aufzubauen. “Was sollen denn Sebastian und Kevin sagen? Sie haben gegen Felix und Michi keine Chance, hauen sich aber in jedem Training rein, damit sie voll da sind, wenn sie gebraucht werden. Diese Einstellung will ich sehen”, forderte er. “Ihr habt am Beispiel von Marlon gesehen, wie schnell es gehen kann.” Doch richtig überzeugen konnte er weder Erwin, noch Tom. Es sah ganz so aus, als würden die ersten drei Spieler die Flinte ins Korn werfen - obwohl doch eigentlich alles gut für die Mannschaft lief. Kai freute sich, denn Josef Unterhuber rief ihn an und lud ihn zum zweiten Sichtungstraining Ende Januar ein.

In den nächsten Spielen rotierte Andreas so durch, dass jeder mal von Beginn an spielen und Spielpraxis sammeln konnte. Nur Kai spielte immer von Beginn an, ließ sich aber hin und wieder auswechseln, um Marlon Einsatzzeit zu geben. So wurden zwar ein paar Punkte liegengelassen, aber erstmal galt es, die Jungs bei der Stange zu halten. Die Saison war schließlich sehr lang. Normalerweise wurde in zwei Zehnergruppen gespielt, aber da es in der B-Jugend nicht mehr so viele Teams gab, spielte man in einer 14er Staffel, es gab somit 26 Spieltage plus den Pokal, in dem es kurz vor der Winterpause nach Ahrberg ging, die eine Liga über Audorf spielten.

Im November feierte Felix seinen 16.Geburtstag im Jugendzentrum. Er lud Kai, Leon und Alois zur "Kapitänsrunde" bei der Jugenddisco ein. "Morgen haben wir ein Spiel, wir feiern also nicht zu lange und zu wild", sagte er. Als alle da waren, ging Felix zur Bar und bestellte drei Bier und eine Cola. Kai war schließlich gerade erst 15 geworden und durfte noch keinen Alkohol trinken. "Du darfst mal an unserem Bier nippen, wenn wir wegschauen", lachte Leon. Doch Kai lehnte dankend ab. "Ich habe mal bei meinem Vater am Bierglas genippt und es hat mir überhaupt nicht geschmeckt", sagte er und verzerrte das Gesicht. "So haben wir alle angefangen", lachte Alois. Die vier stellten sich an einen Bistrotisch und unterhielten sich. Vornehmlich ging es um die Stimmung in der Mannschaft, die so schlecht war wie seit langem nicht und wie man für Besserung sorgen könnte. Doch Kai war abgelenkt. Er hatte ein Mädchen am anderen Ende des Raumes entdeckt, das mit Freundinnen hier war. Sie war blond und schlank, ihr Lächeln war ansteckend, ihre Gesten, ihre Bewegungen so harmonisch. Er war wir gefesselt von ihrem Anblick. "Hey Kai", stieß Leon ihn an, "ich habe dich was gefragt." "Lass ihn, Kai ist total verknallt, das siehst du doch", meinte Felix. Kai zuckte zusammen: "Bin ich gar nicht", protestierte er. "Aber die Blonde da drüben gefällt dir doch, sonst würdest du nicht ständig dahin schauen", wollte Leon wissen. Kai wurde rot. "Ja, sie sieht echt gut aus. Aber deshalb bin ich doch noch lange nicht verknallt", wiegelte er ab. "Sieht aber ganz so aus", blieb Felix bei seiner Meinung. Kai schüttelte trotzig den Kopf. "Mensch Kai, das ist doch nicht schlimm. Das haben wir alle schon erlebt", beruhigte Alois ihn. "Es ist so ein schönes Gefühl, besonders wenn es erwidert wird", stand Leon ihm bei. Kai stellte sich jetzt ganz bewusst so an den Tisch, dass die Mädchengruppe außerhalb seines Blickwinkels war. "Das blonde Mädchen heißt übrigens Barbara. Sie geht bei mir auf die Schule, ich kenne sie flüchtig", erklärte Alois. "Geh mal hin und sprich sie an, sie ist locker drauf", fügte er hinzu. "Ich heiße doch nicht Lukas", rief Kai, "der würde bestimmt schon auf ihrem Schoß sitzen." Felix lenkte das Gespräch wieder auf die Mannschaft und was man machen könnte, um die lustlosen Mitspieler bei der Stange zu halten, doch ihnen fiel keine

Lösung ein. "Wer gehen will, wird gehen. Hauptsache, wir können die Saison fertigspielen", sagte Leon zum Schluss. Gegen 22:30 Uhr verließen die Jungs das Jugendzentrum. Kai schaute schnell nochmal über die Schulter zu Barbara und lächelte ihr zu. Barbara nahm seinen Blick auf und lächelte zurück. Mit einem seltsam wohligen Gefühl im Bauch ging Kai nach Hause.

Im Pokalspiel gegen Ahrberg ließ Andreas wieder seine stärkste Formation spielen: Max im Tor, Goran, Mehmet, Martin und Alois in der Abwehr, Felix, Sebastian, Kai und beide Michis im Mittelfeld und Leon im Sturm. Hansi, Frank, Berti, Kevin und Robin saßen auf der Bank. Tom hatte es wieder einmal nicht in den Kader geschafft, von Erwin und Johannes redete schon niemand mehr und Marlon spielte gegen die schwächeren Gegner. Außenseiter Audorf stellte sich hinten rein und ließ den Favoriten kommen. Felix und Sebastian, die eigentlich nie zusammen spielten, ergänzten sich vor der Abwehr gut und machten die Räume geschickt eng, auch Kai spielte nicht so offensiv wie sonst als Zehner. Die beiden Michis wurden immer wieder mit langen Bällen steil geschickt, konnten ihre Laufduelle aber vorerst nicht gewinnen. Mit 0:0 ging es in die Halbzeitpause. "Habt ihr genug Kraft für Verlängerung und Elfmeterschießen?", fragte Andreas. "Das ist unser letztes Spiel vor der Winterpause, da wird jeder nochmal alles geben", versprach Kai vollen Einsatz. Auch nach dem Seitenwechsel hatte Ahrberg deutlich mehr Ballbesitz, doch sie wurden immer hektischer und nervöser in ihren Aktionen. Kai spritzte in einem günstigen Moment ins Aufbauspiel der Gastgeber, eroberte den Ball und schickte Michi Huber auf dem Flügel. Michi lief bis zur Grundlinie und passte scharf in den Rückraum. Kai wurde von seinem Gegenspieler abgedrängt, doch dadurch hatte Felix Platz zum Abschluss und hämmerte den Ball vehement unter die Latte. Der Außenseiter war in Führung, der Favorit wankte, musste jetzt alles nach vorne werfen. Andreas nahm Leon vom Platz und ließ den schnellen Michi Obermaier in vorderster Front spielen, Kevin ging auf den linken Flügel. Zwei gefährliche Situationen musste Audorf überstehen, aber Max war auf dem Posten. In der Nachspielzeit schlug

Max den Ball weit nach vorne, Michi Obermaier war alleine gegen den letzten Verteidiger, überlief ihn und verlud den Torwart mit einer Körpertäuschung - 2:0 für Audorf. Grenzenloser Jubel beim Schlusspfiff, Audorf stand im Viertelfinale. "Am Dienstag trainieren wir nochmal, dann ist Winterpause", verkündete Andreas in bester Feierlaune.

Am Dienstag steckte Alois Kai nach dem Training einen kleinen Zettel zu. "Viel Glück", sagte er und klopfte Kai auf die Schulter. Kai öffnete das geknickte Papier und sah eine Handynummer, der Handschrift nach von einem Mädchen geschrieben. "Was ist das?", fragte er ungläubig. "Ruf an, dann weißt du es", antwortete Alois geheimnisvoll. "Du hast Barbara doch nicht nach ihrer Handynummer gefragt?", war Kai entsetzt. "Nein, die hat sie mir von sich aus gegeben. Sie wollte wissen, wer der Junge war, der sie ständig angeschaut hatte. Ich habe ihr gesagt, dass wir zusammen in einer Mannschaft spielen. Dann hat sie mir ihre Nummer aufgeschrieben und gesagt, dass du sie ja mal anrufen kannst", erklärte Alois. "Aber du hast ihr doch nicht etwa meine…", befürchtete Kai.

"Nein, du hast ihre Nummer, der Ball liegt jetzt bei dir", sagte Alois. "Aber ich kann doch nicht einfach...", stammelte Kai. "Mensch Kai, sie hat gesagt, dass du sie anrufen sollst. Das ist ein Elfmeter ohne Torwart. Wenn du den nicht versenkst, ist dir wirklich nicht zu helfen", wurde Alois energisch. "Ich muss es mir überlegen. Das ist gar nicht meine Art", murmelte Kai. Alois klopfte ihm nochmal auf die Schulter, dann verließ er den Sportplatz.

"Soll ich, oder soll ich nicht?", dachte Kai in den nächsten Tagen beinahe ununterbrochen. Einerseits war es nicht sein Ding, so direkt Kontakt zu einem Mädchen aufzunehmen. Andererseits hatte sie ihm zugelächelt und ihm zumindest indirekt ihre Handynummer gegeben. Also suchte sie ja doch irgendwie Kontakt zu ihm. Aber jetzt war ja erstmal nächste Woche Weihnachten, dann Ferien, die nächste Jugenddisco erst in vier Wochen, also genug Zeit, Barbara irgendwann mal anzurufen. In all seine Überlegungen kam plötzlich eine WhatsApp von Lukas: Ein Bild, das Lukas mit einem Mädchen im Arm zeigte, beide eng aneinander geschmiegt und verliebt lächelnd. "Lukas & Mary" und drei Herzen stand als Kommentar darunter. "Ich wusste gar nicht, dass du eine Freundin hast, viel Glück!", schrieb Kai zurück. Irgendwie fühlte er sich plötzlich unter Zugzwang, wollte etwas dagegensetzen. Barbara direkt anzurufen traute er sich nicht, aber eine WhatsApp konnte so verkehrt nicht sein. "Frohe Weihnachten wünscht Kai", schrieb er. Das war unverbindlich genug und Barbara hatte jetzt seine Handynummer. Er überlegte noch kurz, dann sendete er die Nachricht. Er hatte sein Handy noch nicht richtig auf seinen Schreibtisch gelegt, da klingelte es - Barbaras Nummer erschien im Display. Kais Herz schlug schnell und kräftig, als er den Anruf annahm. "Hallo, hier ist Kai", sagte er vorsichtig. "Hallo Kai, hier ist Barbara. Schön, dass du mir geschrieben hast. Wie geht's dir?", fragte Barbara. "Ganz gut", schwindelte Kai, denn er wusste nicht, wie er sich wirklich fühlte. Es war alles irgendwie surreal, er hatte so etwas noch nie erlebt. Barbara war tatsächlich locker drauf, wie Alois angekündigt hatte. Die beiden unterhielten sich über alltägliche Dinge, langsam wurde Kai sicherer und blühte auf. Beide blieben in den Ferien zu Hause, man könne sich ja mal treffen. Falls lieber doch nicht, blieb auf jeden Fall die nächste Jugenddisco im Januar. Kai war mit den Nerven völlig am Ende, als Barbara aufgelegt hatte. Was war das jetzt? Waren sie jetzt zusammen, oder war das einfach nur ein nettes Telefonat zweier Teenager? Wie auch immer, es war sehr nett und er würde sie sicher nach Weihnachten mal anrufen.

Die beiden verabredeten sich schließlich zur Jugenddisco. Alles andere ging Kai zu schnell, so sehr er dieses Treffen auch herbeisehnte. “Mit wem triffst du dich?”, fragte Heike, als Kai das Haus verließ. “Mit Barbara, wir kennen uns seit ein paar Wochen”, antwortete Kai so selbstverständlich und gleichgültig wie möglich. “Oh, mit einem Mädchen”, war Heike erstaunt. “Dann pass auf, was du so mit ihr machst. Geh nicht gleich mit ihr nach Hause. Frag sie, ob sie…” “Mama, hör mit diesem Mist auf”, rief Kai energisch. “Erstens bin ich aufgeklärt und zweitens ist das unser erstes Treffen. Wir haben bisher nur miteinander telefoniert.” Dann ging er zum Jugendzentrum. Er wartete auf der Couch, auf der er letztes Jahr mit Lukas gesessen hatte. Barbara kam herein, ging direkt auf ihn zu und nahm ihn kurz in den Arm. “Das hat Judith damals auch gemacht, alles easy”, dachte Kai. Die beiden gingen an die Bar und holten sich ein Getränk, dann stellten sie sich an einen Bistrotisch und unterhielten sich. Diese Augen, diese Mimik und Gestik - Kai war hin und weg. Er versuchte, so cool wie möglich zu wirken. Als Barbara plötzlich seine Hand nahm, war es aber völlig um Kai geschehen. Wie von Geisterhand gesteuert umarmte er Barbara und führte seinen Kopf auf ihren zu. Barbara kam Kai entgegen und sie küssten sich ganz kurz. Kais Beine wurden weich - war das wirklich wahr? Hatte er eben zum ersten Mal ein Mädchen geküsst? Judith hatte ja nur ihm einen kurzen Kuss auf die Wange gegeben, den er nicht erwidert hatte. Bevor er einen klaren Gedanken fassen konnte, berührten sich ihre Lippen wieder, diesmal länger und intensiver. Dann umarmten sie sich. Kai wünschte sich, dass dieser Augenblick nie vergehen würde. Doch plötzlich spürte er, wie seine Hose zu spannen begann. Er löste die Umarmung und nippte an seiner Cola. Hoffentlich hatte Barbara nichts bemerkt. "Wollen wir tanzen gehen?", fragte sie. Kai nickte. Er konnte zwar immer noch nicht tanzen, aber das entspannte die Situation und Barbara würde er bestimmt nicht auf die Füße treten. Er gab sich große Mühe, nicht zu ungelenkig zu wirken. Barbara merkte es und lachte. Plötzlich kam Judith mit einem Jungen auf die Tanzfläche. "Oh, Kai kann plötzlich tanzen", sagte sie hämisch. Kai ignorierte sie.

“Wer ist das?”, fragte Barbara. ”Das ist Judith. Wir hatten uns letztes Jahr zweimal getroffen. Ich bin ihr beim Tanzen auf die Füße getreten, da hat sich zum Glück jemand anderes gesucht”, erklärte Kai. “Also da war nichts zwischen euch?”, fragte Barbara nach. “Nein, sie ist ganz nett, aber mehr nicht”, sagte Kai, als sie sich auf die Couch setzten. “Sitzt du immer hier?”, fragte Barbara. “Ich habe letztes Jahr mit meinem besten Freund auch immer hier gesessen, als wir unsere ersten Gehversuche mit Mädchen gemacht haben. Lukas ist im Sommer nach Köln gezogen, er kann jetzt leider nicht mehr mit hierher kommen. Die Couch erinnert mich an letztes Jahr”, gestand Kai. Um kurz vor 22 Uhr musste Barbara nach Hause. “Mein Vater holt mich gleich ab, sollen wir dich mitnehmen?”, fragte sie. “Nein, ich habe es nicht weit”, sagte Kai. Barbara nahm ihn zum Abschied in den Arm und sie küssten sich noch einmal kurz, aber intensiv. Dann ging Barbara nach draußen. Kai setzte sich wieder auf die Couch und ließ das Erlebte auf sich wirken. Mist, er hätte ein Foto machen und es Lukas schicken sollen. Aber noch waren sie ja nicht zusammen. Überglücklich ging Kai nach Hause. "Und, wie war's?", fragte Heike. "Total super! Barbara ist eine echte Granate! Dreimal haben wir...", Kai zögerte ganz bewusst, bis seiner Mutter die Gesichtszüge immer mehr entglitten "... uns geküsst und wir haben miteinander getanzt", vollendete er schließlich den Satz. Heikes Gesicht nahm wieder normale Konturen an. Jörg schüttelte sich auf dem Sofa vor Lachen. "Das ist mein Sohn!", prustete er und zeigte Kai den Daumen nach oben. Kai ging in sein Zimmer und träumte die ganze Nacht von Barbara - ein Anfang war gemacht.

Ende Januar fand das zweite Sichtungstraining der Verbandsauswahl statt. Der erste Teil war in der Halle, hier ging es um Athletik und Schnelligkeit. Dann ging es auf den hartgefrorenen Sportplatz. Torschussübungen waren angesagt und ein Spiel Zehn gegen Zehn, in dem es um Handlungsschnelligkeit und taktisches Verständnis ging. "Wie letztes Mal: Ich melde mich nächste Woche bei den 25 Spielern, die zum letzten Sichtungstraining kommen dürfen", sagte Josef Unterhuber am Ende des Trainings. "Ob ich da auch noch dabei bin?", war Kai sich unsicher. Die anderen

Jungs waren auch sehr gut, es würde knapp werden. Doch in der folgenden Woche rief Josef an und verkündete die frohe Botschaft - Kai war auch beim letzten Sichtungstraining kurz vor den Osterferien dabei.

Kai und Barbara trafen sich fast jeden Freitag in der Jugenddisco. Barbara wohnte nicht in Audorf, sondern musste immer von ihren Eltern aus Olting zum Jugendzentrum gebracht und abgeholt werden. Das machte die Treffen komplizierter. Kai war trotzdem überglücklich und genoss jeden Freitag mit Barbara. Sie tanzten miteinander, Kai wurde darin immer besser und sicherer, sie redeten über Gott und die Welt, sie umarmten und küssten sich. Wobei Kai das vor allen anderen irgendwie peinlich war. Aber es war so schön, dass er es doch immer wieder tat. "Wollen wir mal ein Foto zusammen machen?", fragte er, als sie wieder im Jugendzentrum waren. Barbara zögerte etwas, stimmte dann aber zu. Kai zeigte ihr Lukas' Foto mit Mary. "Ist für meinen Freund, ich will ihm zeigen, dass ich auch eine Freundin habe", erklärte er die Aktion. "Also bin ich nur eine Trophäe für dich?", fragte Barbara unsicher. "Wie kommst du darauf?", war Kai entsetzt. "Merkst du nicht, wie sehr ich dich liebe?" Barbara nahm seine Hand. "Schon gut, tut mir leid. Klar merke ich das. Aber ihr Jungs seid immer so… wie soll ich sagen? Jeder will den anderen übertreffen und so." Dann machten sie das Foto und Kai schickte es Lukas mit dem Kommentar "Kai & Barbara" mit drei Herzen. "Wie cool Kai, Glückwunsch und alles Gute!" schrieb Lukas zurück.

Die Wintervorbereitung startete schon im Januar, weil Anfang Februar die Punktspiele weitergingen. Andreas verkündete gleich die Hiobsbotschaften: Tom, Erwin und Johannes hatten aufgehört und Kevin hatte sich beim Skifahren so schwer verletzt, dass er noch einige Zeit ausfallen würde. "Damit sind wir nur noch 16, es sind also automatisch immer alle im Kader. Wenigstens gibt es hier keine Meckereien mehr", hob er das einzig Positive an der Situation hervor. Andreas wechselte immer mal wieder das taktische System, spielte mal mit einer Spitze und Marlon auf der Zehn und mal mit zwei Spitzen und Kai direkt dahinter. In der Abwehr bekamen Berti und Frank jetzt auch mehr Einsatzzeit und Max spielte nicht mehr automatisch jedes Spiel, auch Hansi durfte immer mal wieder ins Tor. Jeder Spieler merkte, dass er gebraucht wurde. Und obwohl dieses ständige Rotieren nicht förderlich für die Routinen im Spielaufbau und in der Verteidigung war und immer wieder unnötige Gegentore und Punktverluste zur Folge hatte, verbesserten sich die Stimmung im Team und der Zusammenhalt auf dem Platz wieder.

“Was hältst du davon, dass Lukas über Ostern für eine Woche zu uns kommt?”, fragte Heike Kai beim Abendessen. ”Was soll ich davon halten? Ich finde es super. Lukas und ich wollen uns so oft wie möglich sehen und hatten irgendwie schon darauf spekuliert, dass es vielleicht in den Osterferien klappen könnte”, freute Kai sich. “Na ja, ihr habt jetzt beide eine Freundin. Vielleicht hättet ihr die Ferien lieber mit denen verbracht”, meinte Heike. “Das Jugendzentrum hat über Ostern geschlossen, da hätten wir uns bei Barbara oder hier treffen müssen. Da kann doch so viel passieren…”, provozierte Kai seine Mutter. “Ja stimmt, dann sage ich Beate Bescheid, dass Lukas kommen kann”, sagte Heike schnell. Kai war glücklich und schrieb Lukas gleich eine WhatsApp: “Wir sehen uns an Ostern in Audorf”. Lukas antwortete mit drei Smileys und drei Ostereiern.

Es war Freitag, am nächsten Tag war das entscheidende Sichtungstraining für die Verbandsauwahl. "Treffen wir uns nachher in der Disco?", fragte Barbara per WhatsApp. Eigentlich wollte Kai nicht hingehen, aber die Versuchung war zu groß. Er schickte Barbara einen Daumen hoch und machte sich um 19:45 Uhr auf den Weg ins Jugendzentrum. "Ich bleibe nicht lange", beruhigte er seine Eltern. Kai traf Barbara vor der Tür, sie umarmten sich. Den Begrüßungskuss hielt Barbara sehr kurz und knapp. Die beiden gingen hinein. Kai wollte an die Bar, doch Barbara zog ihn auf die Couch. "Komm, wir setzen uns erstmal, ich muss dir was sagen", sagte sie mit ernster Stimme. Kai war irritiert, so hatte er Barbara noch nie erlebt. "Was gibt's denn?", fragte er neugierig. Barbara zögerte und ergriff Kais Hand. "Weißt du, Kai", begann sie etwas stockend, "ich habe dich ja wirklich sehr gern und genieße jedes Treffen mit dir. Aber...", sie suchte nach den richtigen Worten. "Was, aber?", fragte Kai unheilschwanger. "Aber irgendwie fühlt sich das mit uns beiden nicht richtig für mich an. Irgendwie fehlt mir was, der richtige Kick, ich weiß nicht, wie ich es ausdrücken soll", rang sie mit sich. “Lass uns die Sache beenden. Tut mir leid, wenn ich dir jetzt wehtue, aber für mich fühlt es sich so besser an”, brachte sie schließlich heraus. “Du willst mit mir Schluss machen?”, fragte Kai völlig fassungslos. Barbara nickte vorsichtig. “Tut mir leid”, wiederholte sie. Kai sackte in sich zusammen. Damit hatte er überhaupt nicht gerechnet, er war fix und fertig. “Lass mich bitte alleine”, sagte er leise, dann schossen ihm die Tränen ins Gesicht. Barbara stand auf und ging an die Bar. Just in diesem Moment betrat Felix das Jugendzentrum. Als er Kai total zusammengesunken auf der Couch sitzen sah, ging er sofort zu ihm und setzte sich neben ihn. “Du weinst? Was ist passiert?”, fragte er. Kai zeigte Richtung Bar, wo Barbara mit einer Cola in der Hand stand. “Nicht dein Ernst - hat sie Schluss gemacht?”, mutmaßte Felix. Kai nickte nur kurz. “Es ist immer dasselbe mit den Mädchen - erst verdrehen sie dir den Kopf und wenn du auf Wolke Sieben schwebst, schießen sie dich ab”, konstatierte Felix. “Ich weiß, wie du dich fühlst, ich habe das schon zweimal erlebt”, ergänzte er. Dann saßen beide einen Moment lang schweigend nebeneinander. "Geh bitte heim, du hast morgen Sichtungstraining, das hier tut dir nicht gut", sagte Felix leise und legte Kai seinen Arm um die Schultern. "Was soll ich beim Sichtungstraining?", schluchzte Kai, "Denkst du wirklich, ich habe jetzt Lust auf Fußball? Ich werde auch am Sonntag gegen Neustadt nicht spielen", sagte er. "Kai bitte, geh heim, heul dich aus, lass alles raus. Und morgen gehst du ins Training und zeigst allen, was du kannst. Und am Sonntag spielst du ganz selbstverständlich und wir spielen alle für dich", sagte Felix mit etwas Nachdruck. Kai zog seine Jacke an und ging nach Hause.

Als Kai weg war, setzte Barbara sich zu Felix auf die Couch. "Was hast du gemacht? Siehst du nicht, wie es Kai geht? Er hat morgen das wichtigste Training seines Lebens und du machst heute mit ihm Schluss?", fragte Felix vorwurfsvoll. "Kai tut mir ja auch leid, ich habe ihn wirklich sehr gern", sagte Barbara leise. "Aber mir hat etwas gefehlt. Es war schön mit ihm, er ist sehr sensibel. Aber irgendwie hatte ich nie den Eindruck, dass er mich wirklich will, dass er alles dafür geben will, dass wir zusammen sind", begründete sie ihren Entschluss. Felix schüttelte den Kopf. “Du bist das erste Mädchen, für das Kai wirklich was empfindet. Kai ist total verknallt in dich, du bedeutest ihm alles. Vielleicht konnte er es einfach nicht so rüberbringen. Er ist halt sehr schüchtern”, versuchte Felix zu erklären. “Kai ist auch der erste Junge, für den ich wirklich was empfunden habe”, sagte Barbara. “Und natürlich tut es mir weh, ihn so leiden zu sehen. Aber ich habe einfach nicht das gefühlt, was ich mir unter einer Beziehung vorstelle. Und da ist es besser, die Sache zu beenden, bevor noch mehr passiert.” “Damit müsst ihr beiden jetzt klarkommen. Aber du hast vermutlich Kais Möglichkeit zerstört, in der Verbandsauswahl zu spielen. Das Training morgen wird er in diesem Zustand bestimmt nicht schaffen”, beendete Felix das Gespräch, zog seine Jacke an und ging auch nach Hause.

“Wie siehst du denn aus?”, fragte Heike erschrocken, als sie Kais verweintes Gesicht sah. “Alles aus”, sagte Kai traurig. “Barbara?”, fragte Heike. Kai nickte kurz und wollte in sein Zimmer. “Bleib hier. Es ist besser, wenn man darüber redet", bat Heike ihren Sohn. Kai zögerte, kam aber dann ins Wohnzimmer. "Was gibt es da groß zu reden?", fragte er. "Sie hat Schluss gemacht." "Und das einen Tag vor deinem großen Training", meinte Jörg. "Ich gehe da morgen nicht hin. Ich bin fix und fertig", sagte Kai. "Kann ich gut verstehen, aber es ist deine einzige Chance, in die Auswahl zu kommen", erinnerte Jörg ihn. "Dann spiele ich eben nicht Verbandsauswahl, das ist mir nicht so wichtig", sagte Kai trotzig. "Warum hat sie denn Schluss gemacht?", lenkte Heike vom Fußball ab. "Sie hat nicht die Gefühle gehabt, irgendwas hat ihr gefehlt, keine Ahnung", sagte Kai und spürte, wie die Tränen wiederkommen wollten. "Du wirst es überleben. Der erste Liebeskummer ist immer der schlimmste", versuchte Jörg, ihn zu trösten. "Leg dich hin, schlafen wirst du nicht können. Aber wir fahren morgen zum Training", legte er fest. Kai ging in sein Zimmer und ließ seinen Tränen einmal mehr freien Lauf. "Lass alles raus", hatte Felix ihm empfohlen. Daran hielt sich Kai. Er heulte lange. Aber als ihm klar wurde, dass Barbara davon auch nicht zurückkommen würde, richtete er den Blick nach vorne.

Schließlich galt es morgen, etwas zu beweisen.

Am nächsten Tag fuhr Jörg Kai zum Auswahltraining. Kai hatte erwartungsgemäß wenig geschlafen und fühlte sich nicht gut. An Frühstück war nicht zu denken. Er trank nur eine Tasse Kakao, um wenigstens etwas im Magen zu haben. "Heute ist der Tag der Entscheidung", sagte Josef Unterhuber zu Beginn des Trainings. "Von euch 25 fahren 18 nach Duisburg zum großen Turnier der Regionalverbände. Wer heute keine Leistung bringt, ist raus." Dann ging es ans Aufwärmprogramm. Schon hier fühlte Kai sich schlapp und leer. Die ersten Technikübungen gingen noch irgendwie, aber als es an laufintensivere Übungen ging, wurde Kai plötzlich schwindlig. Er musste sich setzen, sein Herz raste, nichts ging mehr. "Was ist mit dir los?", fragte Josef. "Ich habe Kreislaufprobleme, habe kaum geschlafen heute Nacht und konnte nichts frühstücken", sagte Kai leise. "Das hätte ich nicht von dir gedacht - am Abend vor diesem wichtigen Termin saufen gehen. Zieh dich um, du bist raus!" befahl Josef. "Ich war nicht saufen", protestierte Kai. Aber Josef kannte kein Erbarmen und schickte Kai zum Umziehen. So richtig enttäuscht war Kai nicht, aber so knapp vor der

Nominierung gescheitert zu sein, tat dann doch etwas weh. Aber was Barbara ihm gestern angetan hatte, war noch viel schlimmer für die Seele.

Am nächsten Tag fuhr Grün-Weiß Audorf nach Neustadt. Die Jungs wussten, was Kai in den letzten beiden Tagen durchgemacht hatte und versuchten, ihn zu trösten und ihm Mut zuzusprechen. Doch Kai war immer noch völlig niedergeschlagen. "Ich bleibe heute erstmal draußen", bestimmte er und gab Alois die Kapitänsbinde. "Na gut, dann spielt Max im Tor, Goran, Frank, Martin und Alois hinten, Felix, die Michis und Marlon im Mittelfeld und Leon und Robin im Sturm. Alle anderen auf der Bank", gab Andreas die Aufstellung bekannt. Neustadt übernahm von Beginn an die Initiative, Audorf verteidigte. Durch einen Freistoß gingen die Gastgeber schnell mit 1:0 in Führung. Felix versuchte jetzt, mehr nach vorne zu machen, aber das brachte nicht viel, weil Marlon völlig überfordert war. Andreas schaute Kai an. "Wie sieht's aus?", fragte er. Doch Kai schüttelte den Kopf. Also brachte Andreas Sebastian für Marlon und stellte Felix auf die Zehn. Jetzt bekam Audorf mehr Ballbesitz, aber konnte sich gegen kompromisslos verteidigende Neustädter keine Torchance erspielen. "Noch ist alles drin", sagte Andreas in der Halbzeitpause. "Kai, wir brauchen dich, mach dich bitte warm", bat Felix seinen Kapitän. Mit gesenktem Kopf begann Kai, sich aufzuwärmen. Zehn Minuten nach Wiederbeginn spielte Neustadts Sechser einen schönen Pass in die Tiefe, der Audorfs Innenverteidigung überraschte. Der Stürmer stand frei vor Max und verwandelte zum 2:0. Jetzt kam Kai für Robin ins Spiel und ging neben Felix ins offensive Mittelfeld. Neustadt zog sich zurück und versuchte, die Führung zu verwalten. Audorf hatte mehr Ballbesitz und auch erste gefährliche Abschlüsse. Acht Minuten vor Schluss konnte Michi Huber sich auf dem rechten Flügel durchsetzen und eine Flanke schlagen, Felix lief in den Strafraum und wuchtete den Ball per Kopf zum 2:1 in die Maschen. Jetzt rannte Audorf mit Mann und Maus an, doch der Ausgleich wollte nicht mehr fallen.

"Tolles Wochenende für mich", grummelte Kai auf der Rückfahrt im Auto. "Erst macht Barbara mit mir Schluss, dann fliege ich aus der Verbandsauswahl und jetzt verlieren wir das Punktspiel." "Kopf hoch Kai", tröstete Jörg, "am Samstag kommt Lukas. Darauf freust du dich doch schon so lange." Jetzt lächelte Kai erstmals seit Freitag Abend. Ja, auf Lukas freute er sich wirklich sehr. Die beiden hatten sich seit einem halben Jahr nicht gesehen, sie würden bestimmt eine tolle Zeit miteinander haben.

In der folgenden Woche tat Kai alles, um nicht an Barbara denken zu müssen. Er hängte sich in der Schule voll rein und trainierte so konzentriert und intensiv wie selten zuvor. Beim Spiel in Wildbach spielte Kai natürlich wieder von Beginn an. Jörg fuhr einen Teil der Mannschaft zum Spiel und verschwand dann wieder. "Wo fährt dein Vater hin? Nimmt er uns nicht mit zurück?", fragte Marlon ängstlich. "Doch, er kommt bestimmt vor Spielende wieder", beruhigte Kai ihn. Wildbach stand ziemlich weit hinten in der Tabelle, das nutzte Andreas, um Hansi, Sebastian, Berti und Marlon Spielpraxis zu geben. Max, Felix, Alois und Leon blieben erstmal draußen. Audorf hatte trotzdem mehr vom Spiel und ging durch einen sehenswerten Treffer von Robin, der eine verunglückte Abwehr an der Strafraumkante volley nahm und genau in den Winkel traf, mit 1:0 in Führung. Kurz darauf spielte Kai Michi Obermaier frei, der von der linken Seite in den Strafraum dribbelte und mit rechts zum 2:0 ins lange Eck traf. Kurz vor der Pause erzielte Kai das 3:0. "Eigentlich können wir so durchspielen", sagte Felix zu Andreas. Doch der brachte Alois für Mehmet in der Innenverteidigung. Als zehn Minuten in der 2.Halbzeit gespielt waren, kam Jörg zurück. Er hatte Lukas vom Bahnhof abgeholt und brachte ihn gleich mit. Felix sah ihn als Erster und lief gleich auf ihn zu. "Hey Lukas, schön dass du wieder da bist", rief er und klatschte mit Lukas ab. "Wie steht es?", fragte Lukas. "3:0 für uns, alles ganz easy. Du siehst ja, wer draußen ist und wer spielt", antwortete Felix. Es gab Eckball für Audorf. Michi Huber brachte den Ball nach innen, Alois stieg zum Kopfball hoch, köpfte knapp vorbei, landete unglücklich und blieb liegen. Sein Fuß tat so weh, dass er ausgewechselt werden musste. "Eigentlich müsste ich jetzt rein", grinste Lukas, Felix lächelte. "Felix, du musst rein, bei Alois geht's nicht weiter", rief Andreas. Kurz später kam Leon für Kai. Erst jetzt sah Kai, dass Lukas an der Seitenlinie stand. Sofort fielen sich beide um den Hals. "Cool, dass du direkt zu unserem Spiel kommst", freute Kai sich. "Dein Vater hat mich einfach hierhergefahren", erklärte Lukas. Das Spiel plätscherte jetzt vor sich hin, kurz vor Schluss kam Wildbach zum 3:1, mehr passierte nicht. Nach dem Schlusspfiff ging Lukas mit in die Kabine und begrüßte die alten Kameraden. "Lukas ist wieder zurück, toll, dass du wieder da bist", wurde er freudig empfangen. "Na ja, ich bin für eine Woche bei Kai zu Besuch", beugte Lukas zu hohen Erwartungen vor. "Kannst du nächsten Samstag im Pokal spielen, falls Alois ausfällt?", fragte Mehmet. "Ich habe in dieser Saison noch nirgendwo gespielt, mein Pass ist noch hier", sagte Lukas. "Aber erstmal hoffen wir, dass Alois bis nächste Woche wieder fit ist."

Nach dem Abendessen gingen Kai und Lukas in Kais Zimmer. "Ihr habt euch bestimmt viel zu erzählen", lächelte Heike. "Wie läuft es eigentlich mit Barbara?", wollte Lukas direkt wissen. "Da läuft gar nichts mehr", sagte Kai traurig. "Sie hat letzte Woche Schluss gemacht." "Oh, das tut mir leid, das hattest du mir noch gar nicht gesagt", bedauerte Lukas, als er sah, wie niedergeschlagen Kai plötzlich war. "Mary und ich haben uns auch getrennt", fügte er an. Doch das tröstete Kai nicht. Er setzte sich auf sein Bett und wollte sein Gesicht in seine Hände vergraben, doch Lukas setzte sich neben Kai und nahm seine

Hand. “Sorry Kai, ich wollte dir nicht wehtun. Du hattest dich sicher gefreut, mich wiederzusehen und jetzt starte ich gleich so”, sagte er tröstend. “Tut mir echt leid für dich, ich hatte mich so für dich gefreut. Jetzt wirst du sicher alle Mädchen verfluchen.” Kai lächelte etwas. “Wenn mich jemand trösten kann, dann du”, sagte er leise und stand auf. Er zog Lukas hoch und streckte ihm seine Hände entgegen. Lukas nahm Kais Hände, die beiden standen sich gegenüber und schauten sich tief in die Augen. Beide spürten ihre Emotionen füreinander sehr intensiv. “Ein Mädchen würde ich jetzt küssen wollen - dich nicht”, sagte Kai. “Mit einem Mädchen würde ich noch ganz andere Sachen machen wollen - mit dir nicht”, erwiderte Lukas und beide mussten grinsen. “Was ist das eigentlich zwischen uns?”, fragte Kai plötzlich. “Ich meine, die Emotionen, die ich für dich habe, sind genauso stark wie die, die ich für Barbara habe. Aber trotzdem ganz anders”, sagte er nachdenklich. Lukas zögerte. “Zwischen uns ist ein unsichtbares Band, es ist so fest und stark, dass es niemand zerstören kann - so fühle ich das, was zwischen uns ist”, schilderte er seine Gefühle. “Ein unsichtbares

Band - tolle Metapher", sinnierte Kai laut vor sich hin. "Aber du hast Recht, das kann wirklich keiner zerstören. Egal wie weit wir voneinander entfernt sind, wir sind immer irgendwie miteinander verbunden." Dann schauten sie sich wieder tief in die Augen und genossen die Emotionen, die durch ihre Körper flossen. "Aber was ist, wenn wir uns in das selbe Mädchen verlieben? Wäre das nicht eine Möglichkeit, dass dieses Band zerstört wird?", fragte Kai. "Ich wohne in Köln und du in Audorf. Die Wahrscheinlichkeit, dass das passiert, ist sehr klein", bügelte Lukas Kais Befürchtung ab. Kai nickte, sie ließen ihre Hände los. "Und warum hast du dich von Mary getrennt?", wollte Kai von Lukas wissen. "Wir hatten uns ein paarmal getroffen. Mit jedem Treffen haben wir mehr festgestellt, dass wir nicht richtig zueinander passen. Wir hatten unterschiedliche Vorstellungen, wie das Leben weitergehen soll. Da haben wir vereinbart, dass wir uns trennen. Das war zwar auch schmerzhaft, weil sie ja meine erste Freundin war, aber sicher nicht so schmerzhaft wie bei dir", erzählte Lukas. Kai nickte. "Was Barbara mir angetan hat, kannst du dir nicht vorstellen. Ich bin immer noch total verliebt in sie, aber sie hat den gewissen Kick vermisst", berichtete Kai. "Aber jetzt lass uns von anderen, schöneren Dingen reden als von Mädchen", wechselte er das Thema. Die beiden redeten fast die ganze Nacht über alles, was im letzten halben Jahr passiert war.

"Papa, Lukas, kommt bitte mal mit in den Garten", forderte Kai die beiden am nächsten Tag auf. Er gab Jörg sein Handy. "Mach bitte mal ein Foto von Lukas und mir." Kai stellte sich neben Lukas und legte seinen Arm um Lukas' Schulter. Lukas tat dasselbe, beide achteten darauf, dass genug Abstand zwischen ihnen war. Es sollte schließlich bei aller Vertrautheit kein falscher Eindruck entstehen. "Nichts künstlich Gestelltes Jungs, seid authentisch! Zeigt, was ihr füreinander empfindet!", ermutigte Jörg die beiden. Kai und Lukas lächelten verlegen und rückten noch etwas näher zusammen. "Sehr schön, so will ich das sehen", war Jörg zufrieden und drückte auf den Auslöser. Er zeigte beiden das Bild, Lukas und Kai nickten und lächelten zufrieden. "Danke Papa", sagte Kai und sie gingen wieder ins Haus. Kai und Lukas verschwanden sofort wieder in Kais Zimmer.

"Was war das denn? Haben sich die beiden ewige Liebe und Treue geschworen?", fragte Heike mit süffisantem Unterton. "Was auch immer sie sich geschworen haben, ist einzig und allein ihre Sache", antwortete Jörg ernst. "Ich habe Kai zum ersten Mal seit über einer Woche entspannt lächeln gesehen - das ist das Einzige, was für mich zählt." Kai schickte Lukas das Bild und schrieb "Kai & Lukas - friends 4 life" darunter. Lukas lächelte: "Sehr schön, genau so ist es. Wem willst du das noch schicken?" "In die WhatsApp-Gruppe der Mannschaft?", fragte Kai. Lukas nickte, "Die wissen es eh, aber mach ruhig", sagte er. Schon kurz nachdem Kai das Bild gesendet hatte, kamen erste Reaktionen: "Tolles Bild ihr beiden", schrieb Michi Obermaier. "Nichts geht über eine echte Freundschaft", schrieb Max. "Wir haben das ja zwei Jahre lang verfolgen können. Wenn jemanden eine richtig ehrliche Freundschaft verbindet, dann euch beide. Hoffentlich bleibt ihr wirklich Freunde fürs Leben", schrieb Felix und bekam vier Likes von Mitspielern auf diesen Kommentar.

"Ich habe unser Bild noch jemandem geschickt", gestand Kai Lukas am Abend.

“Wem?”, fragte Lukas, obwohl er es schon ahnte. “Barbara”, antwortete Kai, “ich wollte ihr zeigen, was wirklich für mich zählt. Liebe ist vergänglich, Freundschaft hält ewig”, philosophierte er. Kurz darauf bekam er eine WhatsApp. Kai zückte sein Handy um zu sehen, wer ihm geschrieben hatte. Dann zuckte er zusammen. “Was ist?”, fragte Lukas. “Barbara hat geantwortet. Ich will das jetzt nicht aufmachen”, sagte Kai. Lukas drückte ihn kurz an sich und verließ wortlos das Zimmer. Mit klopfendem Herzen öffnete Kai die Nachricht. “Hallo Kai, es tut mir so gut, dich auf dem Bild lächeln zu sehen. Ich habe dich immer noch sehr gern und empfinde noch viel für dich. Ich habe jedes Treffen mit dir genossen. Ich will zwar nicht mit dir zusammen sein, aber können wir nicht trotzdem Freunde bleiben? Können wir uns nicht trotzdem immer mal wieder freitags völlig ungezwungen in der Disco treffen? Lass dir Zeit, verarbeite alles in Ruhe. Aber ich würde mich sehr freuen, wenn du dich mal wieder bei mir melden würdest. Ganz liebe Grüße und frohe Ostern! Barbara.” Kai wusste nicht, was er von dieser Nachricht halten sollte. Die ersten Tränen wollten sich wieder ihren Weg bahnen, doch Kai wollte nicht schon wieder wegen Barbara weinen. "Komm rein, Lukas", rief er schnell. Lukas öffnete die Tür und Kai hielt ihm sein Handy hin. "Hier, lies", forderte er Lukas auf. Der las die Nachricht und strahlte: "Kai, du Glückspilz! Was Schöneres hätte Barbara überhaupt nicht schreiben können!" "Meinst du?", fragte Kai unsicher. "Mensch Kai, sie will mit dir befreundet sein, sie empfindet immer noch viel für dich, sie will sich wieder mit dir treffen - mehr kann sie dir unter diesen Umständen nicht anbieten", sah Lukas nur Positives in der Nachricht. "Du siehst das jetzt im Moment vielleicht nicht so. Aber lies die Nachricht in ein paar Tagen oder Wochen nochmal. Dann wirst du anders denken", sagte er.

“Bänder im Sprunggelenk nur gezerrt, nicht gerissen. Diese Woche geht nichts, nächste Woche wieder Lauftraining”, stellte Alois am Montag in die WhatsApp-Gruppe. “Lukas muss spielen”, forderte Goran. “Lukas hat keine Fußballschuhe mehr. Er braucht Größe 42”, schrieb Kai. Am Dienstag gingen Kai und Lukas ins Training. “Probier die Schuhe mal, sie sind mir zu klein und meinem Bruder noch zu groß”, gab Michi Huber Lukas ein Paar Schuhe. Lukas zog sie an und lief ein paar Meter. “Müsste gehen”, sagte er und trainierte mit diesen Schuhen. Sie drückten zwar an der Seite etwas, aber er brauchte sie ja nur noch für Donnerstag und Samstag. “Ich komme nächste Woche wieder, mein Bein ist soweit verheilt”, teilte Kevin der Mannschaft mit. Das Pokalspiel gegen Niederauwald war ein Duell auf Augenhöhe. Max, Goran, Frank, Martin, Berti, Felix, Michi Huber, Kai, Michi Obermaier, Marlon und Leon begannen, Hansi, Lukas, Mehmet, Sebastian und Robin saßen auf der Bank. Die beiden Teams neutralisierten sich im Mittelfeld, beide Abwehrreihen standen sicher, den Offensivakteuren fehlten die zündenden Ideen, das letzte Risiko wollte keine der beiden Mannschaften eingehen. "Macht euch auf einen langen Ostersamstagnachmittag gefasst", sagte Andreas in der Halbzeitpause. "Wir haben gar kein Elfmeterschießen trainiert", gab Robin zu bedenken. "Soweit muss es ja nicht kommen", sagte Andreas. Als Leon zehn Minuten vor Schluss völlig überraschend das 1:0 erzielte, schien Andreas Recht zu behalten. Doch in der letzten Minute der regulären Spielzeit gab es ein Gewühl im Audorfer Strafraum, der Niederauwalder Torwart war mit aufgerückt, drückte Martin rustikal zur Seite und sein Stürmer traf aus kurzer Distanz zum 1:1. "Schiri, Foulspiel!", protestierten die Audorfer Spieler, doch der Schiedsrichter gab das Tor und es ging in die Verlängerung. "Lukas ist ein sicherer Elfmeterschütze, er muss jetzt rein", forderte Felix. Andreas brachte Lukas dann auch für Berti und Sebastian für Marlon. In der Verlängerung passierte nichts, die Entscheidung musste also vom Punkt fallen. "Wer will schießen?", fragte Andreas in die Runde. Felix, Leon und Lukas meldeten sich sofort. Kai zögerte. Er wollte nicht unbedingt schießen, aber als Kapitän musste er Verantwortung übernehmen. Also meldete er sich auch. Die anderen schauten sich an, keiner traute sich. “Na gut, wenn keiner will, schieße ich halt”, erklärte sich Max bereit. “Aber ich schieße den ersten”, sagte er. “Gut. Die Reihenfolge ist Max, Kai, Leon, Lukas, Felix”, legte Andreas fest und meldete das dem Schiedsrichter. Kai gewann die Platzwahl und entschied, dass Audorf vorlegte. Max trat zum ersten Schuss an und hämmerte den Ball humorlos rechts hoch ins Eck - 1:0. Der erste Niederauwalder traf sicher zum 1:1. Kai tat, was er von Lukas gelernt hatte: Er verzögerte den Anlauf, schickte den Torwart nach rechts und traf links zum 2:1. Der zweite Niederauwalder Spieler schien schon unsicher zu sein, als er den Ball auf den Punkt legte. Immer wieder schaute er zu Max, lief zögernd an und schoss flach und nicht sonderlich platziert nach links, Max parierte. Leon verwandelte sicher zum 3:1, jetzt kam der Niederauwalder Kapitän zum Elfmeterpunkt. Ein robuster, großer Spieler, der enorme Selbstsicherheit ausstrahlte. Er legte sich den Ball zurecht, wartete auf den Pfiff, lief an und hämmerte das Leder mit Vehemenz an die Latte. Lukas konnte jetzt alles klarmachen. “Auf geht’s Lukas, schieß uns ins Halbfinale”, feuerten ihn die Kameraden an. Lukas, der sonst in solchen Situationen ganz cool blieb, fing leicht an zu zittern. "Das gibt's doch nur in schlechten Filmen", dachte er, als er zum Punkt ging. Aber er konnte sich auf seine Routine verlassen. Er legte sich den Ball hin, wartete auf den Pfiff, verzögerte den Anlauf, der Torwart sprang nach rechts und Lukas schob ganz überlegt links unten ein - 4:1, Audorf war im Halbfinale. Alle Spieler umarmten Lukas, was war das für ein Kurzcomeback! In der Kabine wurde Lukas dann sentimental: "Jungs, ich habe euch so sehr vermisst", sagte er mit stockender Stimme. "Ich bin froh, dass ich wieder in Köln wohne, Audorf vermisse ich überhaupt nicht. Aber an diesen Platz und an dieses Team habe ich in den letzten Monaten so oft gedacht, an die tolle Zeit, die ich mit euch hatte. Es war mir eine Ehre, nochmal für euch gespielt zu haben. Und dass ich den entscheidenden Elfmeter verwandeln durfte, setzt allem noch die Krone auf", sagte er, dann drohten die ersten Tränen zu kommen. Schnell zog er sich aus und ging unter die Dusche. Dort wurde dann so richtig gefeiert.

Am Ostermontag brachten Büchners Lukas zum Bahnhof. “Wann habt ihr Sommerferien?”, fragte Kai. “Dieses Jahr ganz früh”, antwortete Lukas. ”Wenn ihr Ferien bekommt, haben wir schon wieder Schule.” “Dann sehen wir uns frühestens in den Herbstferien wieder”, schlussfolgerte Kai. “Wird wohl so sein”, antwortete Lukas. Die Einfahrt des Zuges wurde angekündigt. Kai umarmte Lukas lange. “Kai & Lukas - friends 4 life”, flüsterte er Lukas ins Ohr. “Auf jeden Fall!”, antwortete Lukas. Dann kam sein Zug, er stieg ein und fuhr zurück nach Köln.

Im Training am Dienstag waren Kevin und Alois wieder fit. Andreas bat alle in die Kabine. “Wir müssen über nächste Saison sprechen”, sagte er. “Ich mache es ganz kurz - es wird keine nächste Saison für uns geben.” Die Jungs schauten sich entsetzt an. “Warum nicht?”, fragte Leon. “Wer soll denn wo spielen?”, fragte Andreas rhetorisch. “Acht von euch kommen in die A-Jugend, neun bleiben in der B-Jugend. Wir haben jetzt teilweise schon Personalprobleme, die Spielgemeinschaft mit Olting hat letzte Saison nicht funktioniert und ich sehe keinen anderen Verein, mit dem wir es probieren könnten. Und mit neun B-Jugendlichen spiele ich nicht in der A-Jugend", stellte Andreas klar. "Also müssen wir alle aufhören", fasste Felix zusammen. "Aufhören, oder euch einen anderen Verein suchen. Hier wird es nächste Saison nur noch Kleinfeldfußball geben", antwortete Andreas. Die Jungs waren fassungslos, es herrschte allgemeines Schweigen. "Wir haben noch acht Punktspiele, das Pokalhalbfinale und im besten Fall das Pokalfinale vor uns. Lasst uns alles geben und so erfolgreich wie möglich sein", forderte Felix. Die anderen Spieler stimmten ihm zu. Dann gingen sie auf den Platz und trainierten.

Die Jungs hängten sich in den letzten Spielen nochmal richtig rein und gaben alles. Jeder bekam seine Spielpraxis, alle 17 hielten bis zum Ende der Saison durch. Der krönende Höhepunkt, das Pokalfinale, blieb Audorf leider versagt. Traisach, der Tabellenführer der Verbandsliga, war eine Nummer zu groß und gewann mit 4:0 in Audorf. Im letzten Saisonspiel ging es zu Hause gegen Oberdorf. "Platz 4 ist noch möglich, aber dafür müssen wir gewinnen", sagte Andreas vor dem Spiel. "Wir starten mit Hansi im Tor, Goran, Martin, Alois und Berti in der Abwehr, Felix auf der Sechs, Kevin und Michi Obermaier auf den Flügeln, Kai auf der Zehn und Leon und Robin im Sturm. Max, Mehmet, Frank, Sebastian und Michi Huber auf der Bank", gab Andreas die letzte Aufstellung der Saison bekannt. Audorf begann entschlossen und hatte schon in der 2.Minute die erste Großchance: Kai spielte Leon frei, der legte zu Robin ab, aber der schoss aus drei Metern überhastet am Tor vorbei. Die nächste gute Chance hatte Felix, doch sein Freistoß klatschte an den Pfosten. Das 1:0 war nur eine Frage der Zeit, fiel dann aber auf der anderen Seite. Eine harmlose Flanke grätschte Martin ins eigene Tor. Felix trieb seine Mitspieler an, schaltete sich mehr in die Offensive ein und leitete die nächste Großchance ein. Nach einem Doppelpass mit Kai spielte er in den Lauf von Michi Obermaier, doch dessen Abschluss wurde gerade noch so geblockt. Zur Pause stand es 0:1, aber Audorf war drückend überlegen. Auch nach dem Seitenwechsel spielte nur eine Mannschaft, Oberdorf verteidigte mit Mann und Maus. Irgendwann musste der Ausgleich doch fallen! Und er fiel auch, allerdings etwas glücklich: Frank, inzwischen für Martin eingewechselt, drosch den Ball einfach mal lang nach vorne, der Oberdorfer Verteidiger verschätzte sich, Leon lief durch und traf zum 1:1. Damit war der Bann gebrochen, jetzt lief es bei Audorf. Leon erzielte mit einer schönen Einzelaktion das 2:1, Felix traf per Elfmeter zum 3:1 und der eingewechselte Michi Huber sorgte mit einem Distanzschuss für den 4:1-Endstand. "Ein schönes Ende einer erfolgreichen Saison", resümierte Andreas.

Am folgenden Wochenende fand die große Saisonabschlussfeier statt. Alle Spieler und Eltern waren anwesend, die Stimmung war gut. Für den Überraschungsmoment sorgte

Kai, der Lukas per Videocall zuschaltete. So konnte auch er die Stimmung genießen und sendete beste Grüße aus Köln nach Audorf. "Was machst du eigentlich nächste Saison?", fragte Felix Andreas. "Ich gehe zu den ganz Kleinen und übernehme die F-Jugend", antwortete Andreas. "Das wird eine heftige Umgewöhnung. Aber ihr habt auch mal klein angefangen", lachte er. "Im Namen der ganzen Mannschaft viel Erfolg", sagte Felix, der zwar nicht der aktuelle, aber doch der langjährige Kapitän war. Andreas bedankte sich bei den Jungs, mit denen er jetzt seit der D-Jugend zusammen war, für die schönen Jahre und wünschte ihnen für ihren weiteren Lebensweg alles Gute. Als die Spieler und Eltern den Sportplatz nach und nach verließen, rief Andreas Kai zu sich. "Kai, wie du dich in den letzten drei Jahren entwickelt hast, ist unglaublich. Vom totalen Anfänger zum Führungsspieler, Leistungsträger, Kapitän und fast sogar Verbandsauswahlspieler", lobte er Kai. "Du hast in letzter Zeit auch bewiesen, dass du taktisches Verständnis und Feingefühl im Umgang mit Mitspielern hast." Kai freute sich über dieses Lob und bedankte sich für die netten Worte. "Eine Frage hätte ich an dich:", fuhr Andreas fort. "Hättest du Lust, mich in die F-Jugend zu begleiten und mein Co-Trainer zu werden? Du würdest dann die Hauptarbeit auf dem Platz machen und ich würde mich vorrangig um die Organisation des Spielbetriebes und den Schriftverkehr mit den Eltern kümmern, der gerade bei den ganz Kleinen ziemlich intensiv sein wird", fragte er. Kai war mächtig stolz, aber etwas unsicher. "Ich habe sowas noch nie gemacht. Und in der Schule wird es auch nicht leichter", warf er ein. "Alles kein Problem", sagte Andreas ruhig, "schau dir das Training und die Kinder einfach mal an. Wenn es mit der Schule zu eng wird, kommst du halt nur einmal die Woche zum Training. Ich will dich aber nicht einfach so verlieren." "Ich überlege es mir und melde mich bei dir", sagte Kai zum Abschluss.

Am Abend schrieb er Lukas und berichtete ihm über Andreas' Angebot. "Ey Kai, das ist ja voll cool. Ich würde das sofort machen", schrieb Lukas zurück. "Meinst du, dass ich das kann?", fragte Kai. "Keine Ahnung, aber du solltest es versuchen. Du kennst Andreas, du weißt, was du ihm zu verdanken hast.

Schau es dir doch einfach mal an", riet er seinem Freund. Kai überlegte ein paar Tage und teilte Andreas dann mit, dass er beim nächsten Training mal dabei sein wollte. "Super Kai, dann sehen wir uns am Mittwoch um 16:30 Uhr", schrieb Andreas zurück. Am Mittwoch ging Kai zum Sportplatz und schaute sich das Gewusel an. Die Kinder kamen sofort zu ihm, wollten wissen, wer er ist und was er mit ihnen trainieren will. Sie hörten aufs Wort und waren begeistert, dass sie einen so jungen Trainer hatten. Kai gefiel die erste Einheit und er beschloss, dabei zu bleiben. "Ich war vorhin im F-Jugendtraining. War echt toll, ich mache das", schrieb er Lukas. "Finde ich echt cool. Aus Kicker Kai wird Coach Kai – viel Erfolg!", antwortete Lukas. Kai las es und lächelte.